人文书简

陈思和 著

上海文艺出版社

目录

序 I

第一辑
与"人文精神讨论"有关的书简选

致坂井洋史（3封）.................................3
  附：《人文精神讨论再出发》.....................28
致王晓明..38

第二辑
与文学评论有关的书简选

致周介人（谈《玫瑰玫瑰香气扑鼻》）.................49
致林燿德（谈余华的先锋小说）.......................60
致李先锋（读《九月寓言》）.........................71

致赵本夫（谈《涸澈》）.................................. *83*

致尤凤伟（谈《生命通道》《五月乡战》《生存》）...... *91*

致储福金（谈《黑白》）.................................. *103*

致程乃珊（谈《望尽天涯路》）.......................... *116*

致程乃珊（谈梁凤仪的作品）............................ *129*

致严歌苓（谈《人寰》）.................................. *142*

致严歌苓（谈《扶桑》）.................................. *152*

致娜朵（两封）.. *159*

第三辑

与主编《上海文学》有关的书简选

致萧夏林.. *171*

致陈村.. *173*

致黄桂元.. *175*

致张生.. *178*

致罗洪.. *181*

致吕串.. *183*

致林白 *186*

致黎焕颐 *189*

致张业松 *191*

致吴润生 *193*

致罗兴萍 *196*

致张燕玲 *199*

致邵燕君 *202*

致严锋 *204*

致毛尖 *208*

致陈村 *210*

致李德刚 *213*

致李娜 *216*

致许文霞 *221*

致王干 *222*

致沈念、阿定 *225*

致万里波 *229*

致高凯 *230*

致王新军.. *233*

致李锦琦.. *235*

致陈佳.. *238*

致杨栋.. *241*

致于建明.. *243*

致吴福辉.. *246*

致白桦（两封，附录白桦来信）..............................*248*

　　附：白桦来信..*249*

　　附：白桦来信..*251*

致杨显惠.. *252*

致王明文.. *255*

致罗婷婷.. *257*

致陈抚生.. *259*

致臧建民.. *261*

第四辑

避疫期间的书简选

致李洪华... *265*

致姚晓雷... *272*

致袁盛勇... *286*

序

一般来说，书简文字可以分为两类，一类是私人通信，不准备发表给公众看的（至于以后让他人发掘出来公开发表，又当别论）；还有一类借助书信体形式做文章，是为了公开发表而写的。但后一类书信还可以分两种，一种是借助书信形式来进行另一种文体的写作，如用书信体写文学批评，写散文，甚至通过书信来探讨深奥的理论问题。在我早先的阅读经验里，最早接触的这类体裁的作品，是普列汉诺夫的《论艺术（没有地址的信）》，这是讨论马克思主义艺术观的经典之作，还有就是里尔克的《给一个青年诗人的十封信》、朱光潜的《给青年的十二封信》《谈美书简》等等，都给我留下了深刻的印象。周作人有一些当作散文小品写的书信，也属此类。当然，书简可以构成虚构作品，如书信体小说，但这已经超出了书信自身的界定，不属于我这里所说的范围。我所指的"书信"，首先就是书信——借助书信形式来讨论理论问题或者批评某些作品，都还是书信所包含的功能之一，所以这些文章确实是书信。

这本小书收录的书信体文章，不属于私人通信，大部分都

I

是公开发表过的。其中有一部分还收入了我的编年体文集。之所以要编这样一本小书，纯粹出于好玩。起因是这样一个故事：我的朋友张安庆先生想为学者策划一套"边角料书系"——不是学术论文集，更不是高头讲章，而是学问中的"边角料"，也是形式上比较活泼自由的学术研究副产品。他来向我约稿，我自然要支持他，于是答应先编两种"边角料"：演讲集、访谈集。在编辑过程中，又渐渐想到了可以再编一本书信集，这个念头一旦有了，就一直盘旋在我的脑里挥之不去。

说起来时间就长了。从20世纪80年代我开始写评论，即尝试着用书信形式。那时我还在念大学，在《上海文学》发表第一篇评论，是评论陆星儿、陈可雄的中篇小说《我的心也像大海》，我用的是书信体，虚拟了一个读信对象。为什么要采用这样的写法？我现在也想不太清楚，不过深究起来，大约是因为小说的作者之一是我的同班同学，虽然平时也没有什么交往，但读认识的人的作品，还是有一点亲切感。所以准备写评论的时候，眼前就似乎一直有个具体的"人"存在，他就是我的写作对象。他或者是小说作者本人，或者是读者，因为共同阅读这篇小说，就变得彼此熟悉起来，似乎有了对话的欲望。这种感觉，不大可能出现在阅读一个陌生作者的作品过程中。而且，这里还不仅仅涉及一种文体的选择，我觉得更多的是批评者立场的选择。文学批评，无论如何总是有一种居高临下的姿态，但用书信体则可以避免这种令人尴尬的关系，使批评成为一种对话，无论对作品赞扬还是批评，都是处于平等的对话的立场。这样，写批评的心情就轻松下来了。

学习写作，选择什么样的起步方式，往往对自己一生的写作都有决定性的意义。我从学习写文学评论开始，就主动采用了写信的形式——后来又主动尝试过用对话的形式、序跋的形式、随笔的形式，总之是想尽可能地摆脱学术论文模式，尽可能言之有物，面对作品写出自己的真情实感，绝不贩卖那些连自己也不怎么相信的花拳绣腿。在这样一条自我设定的学习道路上，书信形式渐渐成为我得心应手的表述形式。本书第二辑"与文学评论有关的书简选"和第四辑"避疫期间的书简选"主要选自这一类文章。虽然这些批评文字不符合一般书信的私密性特征，但是它暗暗契合了书信的对话性特征。书信是有特定对象的，文学批评也有特定的阅读对象，一篇小说或者散文的发表，读者是泛在的，而文学评论的读者不会泛到漫无选择，所议作品的作者是批评家明确的对话者，阅读作品的读者是批评家潜在的对话者，所以书信体的批评特别具有针对性和说服力。书信体文学批评，不在于采用了书信的形式，更重要的是悄悄地改变了文学评论的传统言说立场，进而也改变了文学批评的传统功能和性质。

除了这一种以书信体来承载文学批评（或其他文体）功能的形式外，还有一种公开发表的书信形式的文体，主要用于互相交流和传递信息。书信还是书信，但由于传递的信息含有某种特殊意义，它的公开发表就使文本超出了书信的一般意义。中国古代政治家或文人常常利用这类书信的公开发表，达到某种告白天下的作用。现代人也常使用这类书信形式，完成某种写信人公开表白的意图。像陈独秀主编《新青年》时发表许多脍炙人口的答读者来信，阐述发起新文化运动的意见，正是属于这一类。我在这本《书简》里也收录了部分这类书信，那就是第一辑"与'人文精神讨论'有关的书简选"和第三辑"与主编《上海文学》有关的书简选"。这些书信都是作为交流和传递信息而写的，因为寻思"人文精神讨论"与主编《上海文学》杂志都引起过争议，我用这些书信来回应各类争论和批评，阐述了自己的立场和观点。尤其是主编《上海文学》的三年期间（2003年第7期到2006年第8期），我在每期刊物设立"太白"栏目，作为编者、作者和读者交流信息的平台，在上面我一共发表了四十多封通信，阐释主编刊物的意图、理念和具体的编辑方案，从主编开张的第一期到宣告卸任的最后一期，保留了相对完整的编刊记录。这些信件与来信都曾经收入编年体文集《海藻集》，一晃十多年过去了，没有再版过。我这次特意挑选其中一部分信件收入本书，还特意加了两封当初没有公开发表的书信，为的是让那一段历史留下的痕迹，呈现得更加清晰一些。

好了，现在再回过来说说这本《书简》。前面所讲的故事又有了新的发展。因为今年年初的疫情，一切工作都被耽误了。"边角料书系"进度缓慢，演讲集和访谈集还在安庆兄手上精工细雕地打磨中，"书简集"自然也一时无法启动。就在这个时候，又一个资深编辑家——大名鼎鼎的俞晓群先生出现了。在一次饭局中，他主动约我编一本随笔集，由草鹭文化公司安排出版。在当今出版业如此不景气的状况下，能够得到出版大家的如此青睐，我当然喜出望外，由此也格外珍惜这个出版机会。自古宝剑酬知己，我愿意把自己喜爱的著述交给相知的朋友一起分享，于是就有了这本装帧精美的《书简》。余下的话就不多说了，感谢的话也不须多说，只是希望读者在翻开这本小书时感到赏心悦目，内容也不俗，我就欣慰了。

2020年11月26日晚，于鱼焦了斋

第一辑

与"人文精神讨论"
有关的书简选

致坂井洋史①（3封）

（一）

坂井兄：

兄7月2日的来信已收到。承兄美意，关于人文精神对话的提议，我十分愿意。只是在假期里听说兄将去北京，我又在做去甘肃考察的准备，所以未能及时回信。结果兄在北京之行后没有绕道上海（山口君来了上海）；我也因故没能去成甘肃，忙忙碌碌地打发了一个暑假。但兄信中所说的对话一事，却常萦绕于心中。自3月起，《读书》杂志上陆续发表了王晓明、张汝伦等几位朋友的对话以后，国内学界议论四起，赞之贬之秋色平分，听晓明说，杂志社给他转来许多信件，各种意见都有，今年《读书》第8期又发表了以"寻思的寻思"为主题的几种反响，似值得一读。可见人文精神的讨论，并非几个穷酸文人

---

① 坂井洋史，日本一桥大学大学院言语社会研究科教授，研究中国无政府主义和中国现代文学的专家。主要著作有《忏悔与越界——中国现代文学史研究》（日文）、《巴金的世界》（中文，与山口守合著）、《现代困境中的文学语言和文化形式》（中文，与张新颖合作）、《中国安那其主义运动的回忆》（日文）等。

吃不饱肚子才来发牢骚的。提出人文精神寻思的话题，从远处看可以反思知识分子主体失落的历史过程，近处说是对知识分子当前自身处境的讨论和反省，不管它的提法对与不对，它确实触及当前知识分子普遍关心和思考的问题。听晓明兄说，不少持反对意见的人就是认为，"五四"时代早已过去，知识分子向民众发号施令的时代一去不复返了，知识分子在当今社会只要做好自己的学问也就够了，何必再来谈什么人文精神，凭什么用一种话语来指挥别人？这种议论似乎是节外生枝，因为扪心自问，别人的想法怎样不敢说，我自己是从未想过要在"人文精神"的地盘上发号施令，按照有些时髦的说法，想争夺什么"话语权"的。晓明兄对此也感到莫名其妙。但我进而一想，对了，这种说法正表明了人文精神讨论的意义所在：它确实挑开了一个多年以来许多人不愿说不敢说或者故意不说的话题。其实，这些年来我们在各自的领域从事研究，提出的话题并不少，只是没有附和流行的"话语"，而不为一般局外人注意，独独"人文精神"一提出就立刻引来了非议，很显然，并不是我们的研究态度不同，而是所提出的问题本身具有的涵盖性。由于多年来的是是非非，有些知识分子只能消极地吸取了历史教训，并且小心翼翼地把专业工作与知识分子对人文精神的寻求割裂开来，他们忘记知识分子的社会使命是故意的，而且希望这种忘记成为普遍现象，唯使其成为集体性的遗忘，他们所不得已而为之的精神萎缩才会变得既安全又正常，所以"人文精神"一提出，他们就本能地感到这是对他们卑琐懦怯的生活态度的妨碍，这才会想到"发号施令"之说。否则的话，就如北京有些学人大谈"后知识分子"，南京有些学人提倡"新状态"一样，沪上有几人说说"人文精神寻思"，既不时髦也不新鲜，不过是一些老而又老的话题，又怎么会对别人的生活方式构成侵犯呢？前不久，我在一家小报上读到北京大学一位副教授的文章，他批评知识分子谈人文精神是"堂·吉诃德对着风车的狂吼"，这话的意思很明白，在他看来，当前有些知识分子放弃人文理想和操守的生活方式，正是一种"后知识分子"的特征，是社会发展的必然，而要批评这种生活方式和精神状态，那正是螳臂当车了。这位副教授写过不少在当代文化建设中呼风唤雨的文章，因为对他所持的理论不太了解，我一向不甚在意，不过我仍然很尊重他作为一个学者的人格和学问，可是这次，我真是没有想到中国近代知识分子人文精神最集中的北京大学的副教授，竟会用这种轻薄狂妄的口吻来批评知识分子自己的传统和话题。

也许这么说是过于严重了。本来在社会价值观念多元趋向的时代里，各人寻求自己认为合适的生活方式是天经地义的，别人没有必要去干涉，这当然也包括知识分子对自己的生活方式的选择。提倡人文精神并不是要构成对具体生活方式的侵犯，人文精神不是生活方式，而是对人类生存行为的思考和价值判断，粗浅地说，也可归为生活态度一类。不管社会允许人类在选择自己的生活方式拥有多大的自由，人类总是有一些基本的生活原则是不可摧毁、不可动摇的。我完全不了解日本的情况，也许如兄所说，日本有些知识分子的遭遇可以作为"后来者"的其他亚洲国家借鉴的例子，但我所不能忘记的是，许多年以前，我从吴朗西先生那儿读到一封日本知识分子的来信。他是吴先生留日时期的朋友，他告诉吴先生，在日中战争时期，他和他的兄弟用绝食来减轻体重，使自己瘦到不能服兵役为止。尽管这多少也是一种消极的人文态度，但比起那些参加"笔部队"的著名作家，我觉得这位日本知识分子毕竟用自虐的方法保卫了人的尊严。而中国现在的情况有了很大的变化，当商品经济的大潮冲垮了传统的价值观念以后，在人的精神方面出现了巨大的空白，这是不可否认的事实。无论是传统的意识形态还是民间的宗教意识，在我看来都不能真正地来填补这个时代所造成的精神空白，这个时候，如果知识分子再因为精神软化而自觉放弃某种责任，那么，他最善良的愿望也只能像那位绝食自轻的日本老人，做到洁身自好而已，这还不包括那些为蝇营狗苟的生活方式制造理论依据的所谓知识分子的勾当。兄在来信中说到的知识分子从"广场"撤退后重新确定"岗位"的问题，正是从这一现实的立场提出来的，我所说的重新确定知识分子岗位，也就是着眼于知识分子面对经济大潮怎样使人文理想在自己的工作岗位中贯穿起来，绝无有些朋友望文生义地把它解释成"退回书斋"的意思。当然，这是个复杂的话题，如细细地扯起来，得从百年前的中国社会转型谈起，留给以后再谈吧，今天还是回到人文精神的话题，接着说下去。

有一种说法，认为提倡人文精神要站在现实的土壤上，不能说空话唱高调。所谓现实的土壤，也就是站在今天经济开放的立场上取得与现实的认同。有些朋友很直白地对我说，现在的经济开放体制比起以前极"左"路线下的无产阶级专政体制不知要进步多少，你们提倡人文精神当然包括了批评现实的精神，那就是对现实所取得的历史进步性的"不认同"。兄在日本可能很不能理解这种观点，但在中国的特定历史背景下，来自这方面的批评是很有代表性的。不说那些政治上的实用主义和庸俗的市侩哲学，就从知识分子的理性思维来说，这里也存在着一个误区。在知识分子看来，理性精神即是对历史进步的肯定。对于符合历史发展规律的社会现象，即使其以丑陋的形态出现，也应该给以充分的肯定（所谓恶可能成为历史发展的杠杆）。这种思维模式也就是兄在来信中所说的日本知识分子也曾经历过的"历史命定论"，但这不单单是把马克思主义庸俗化的结果，如果要追根溯源，一直可以寻到"五四"时期的进化论；而在1950年代以后，政治上的极"左"路线正是利用了知识分子的这一思维模式，把历史的进步性从具体的历史过程中抽象出来，成为一种绝对的、形而上的真理（譬如，"文革"时期中国学术界搞过所谓"儒法斗争"，便是一个典型的例子），其实质恰恰是掩盖了极"左"路线的真面目。历史的发展当然是有其内在的规律，但这种内在规律性又必然是通过具体的历史运动以极其复杂的形态表现出来，如果把这种复杂的历史运动看成简单的公式，以此取代知识分子独立的理性思考，并要求用简单的"拥护还是反对"的态度来对此作出选择，那本身就阉割了马克思主义的批判精神。提倡人文精神，就是应该提倡知识分子在现实的各种压力下日益萎缩的现实战斗精神，至少在社会风气的层面上为保护人的权利和尊严而斗争，知识分子的独立思考和讲真话的风气与现实历史发展过程中的具体现象不一定取同步的立场，这并不意味知识分子无视历史的进步原则，因为现代知识分子的人文精神在其自身的历史发展传统里包含了根深蒂固的人道主义原则和马克思主义的历史观点，两者缺一不可。前者构成知识分子良知的基础，而后者，又可以保证知识分子在批评现实的同时只能是促进历史的进步，而不是像马克思主义的经典作家在《共产党宣言》里嘲笑的那些屁股上带有旧封建纹章的现实批判者（像这样的现实批判者，近些年总是隐隐约约地埋伏在各种"今不如昔"的论调里）。进化论的社会观念在推动社会改革、促进新生事物的成长时是有用的思想武器，但也很容易导致简单化的思维模式，关于这一点，

"五四"新文化运动以来的经验教训已经够深刻了。

再者，持这种批评观点的朋友多少有一些误解，他们把当前知识分子在现代化过程中日趋"边缘化"的现实处境与人文精神的失落联系在一起，以为提倡人文精神只是对当前知识分子处境的反应。其实知识分子边缘化的问题并不是今天才发生的，20世纪初中国进入现代化的历史，就意味着知识分子作为"立法者"的传统社会地位的失落，一部现代知识分子运动史也可以说是由知识分子面对自身地位的边缘化所生出的各种反应而构成，因此要说知识分子人文精神，其失落也早，其遮蔽也久，并不是近年的经济大潮冲击下才出现的。相反，恰恰是今天的时代环境为我们提供了重新提倡人文精神的可能性，正像有些朋友所说的，在"无产阶级专政体制"下，知识分子都难以生存，遑论人文精神？或者在我看来，自传统的人文精神溃解以来，知识分子在长期的实践中有意识地培养起新的适合现代生活的人文精神，知识分子的实践过程也就是人文精神的培养过程，在这漫漫路上，实践者的主体精神时而紧张、时而松弛，实践的环境也时而顺坦、时而艰险，因此人文精神于知识分子来说也是时明时隐，但人文精神终究是在社会实践中的人文精神，并没有一种外在于知识分子实践的人文精神完美地等待我们去发现。在现阶段的中国，只要不是装糊涂，身处其文化环境中的人大概都会明白我们倡导的人文精神是什么：一种人之所以为人的精神，一种对于人类发展前景的真诚的关怀，一种作为知识分子对自身所能承担的社会责任与专业岗位如何结合的总体思考。这一切本来就没有什么现成答案的，需要我们每一个人自觉地在实践过程中去探索，所以它也并不像有些朋友所认为的，只要有知识分子在、有人文学科在，人文精神就当然地存在，知识分子的人文精神只有靠知识分子有意识地在实践中培养和完善，才能慢慢地成为一种新的适合现代社会生活的精神力量和传统。这个课题，我认为当代整个世界的知识分子都面临着，日本的知识分子也没有真正完成这个探索，需要我们携起手来共同地去探索、去实践。

所以，我很感谢兄提出了一个很有意义的建议，我十分愿意把这样的对话继续下去，用通信的方式，或别的什么方式，都可以。日本作为一个经济大国，它毫无疑问在亚洲国家中具有"先驱"的作用，知识分子对于其自身在现代经济社会中的人文地位的思考，想必比我们更有经验，所以我想，我们的对话可能会有助于我们对共同关心的问题的思考，至少在理论上的互补也将是很有趣的。

我期待兄的回信。谨祝

暑安

陈思和

1994年9月9日

（二）

坂井兄：

来信收到，所论甚为精彩，引起我的许多想法，都想说说。只是近来我被一种莫名其妙的华盖运所关照，总有意想不到的事发生。9月份去了一次武夷，竟会无缘无故地伤了腰，带病回到上海，又是无缘无故地突发一次频发性早搏，我过去从未有过心脏病，可这次竟发得很厉害，至今未愈。前些日子都在医院里忙着检查，医生诊断是冠心病，并说像我这般年纪患此病，总应该引起警惕云云。这样一来，本来想做的计划全部打乱了，工作还在做，但节奏不得不放慢，给兄的复信也就拖了下来。不过人虽在病中，思想没有中断，兄在来信中所议论的话题，一直存在心中，再结合近来国内各界对人文精神讨论的一些反应，有些想法就更加清楚了。

如兄所说，"人文精神"在今天不过是一个象征性的符号，对它不可能有一个确切的答案存在。不过国内有些学者对此却很不明白，如有些文章对它作考证，考来考去得出结论说中国从未有过"人文精神"一说，勉强能凑数的只有胡适当年提倡的欧洲文艺复兴运动，也就是说今天提倡的人文精神不过是胡适当年的"自由主义一派"，这也罢了，还特地引用了蒋介石对自由主义者的批评，说明胡适的自由主义使"帝国主义者文化侵略才易于实施"。这种宏论哪怕是出于学术的动机也要让人捏一把汗。若是早十年，西方人道主义被视为"资产阶级自由化"的年代有这么一说，我辈头上的紧箍俱备；若是再早二十年，姚文元、"梁效"之流猖獗的年代有这么一说，我辈足能构成"三家村""四家店"之罪；若是再早一些，在国民党特务横行的1940年代有这么一说，凭了蒋委员长的语录，我辈大约也要步闻一多的后尘了。上述所举，虽属整个有关"人文精神"讨论的小插曲，但足见中国式的学术特点。过去有一个革命口号，叫作："谁是我们的敌人？谁是我们的朋友？这是革命的首要问题。"这种简单化的思路后来在政治运动中造成无穷祸害，从上举的某学者对人文精神的批评中也多少看得到这种遗风流传。许多人所关心的不是理论本身的问题，而是"谁"提出来的，只要是非我族类，其心必异。你要在理论上认真探索一些问题，可是反对者偏不在理论上跟你争辩，而老是考虑你的观点对哪一派有利，支持谁，反对谁，把一个正常的学术讨论搞得乌烟瘴气。无法深刻思想，无法认真讨论，无法自由争鸣，知识分子的思想只能在书斋里摘章寻句，学术讨论只能卖弄学问，百家争鸣只能互相画对方一个白鼻子，在你丑化我、我丑化你的游戏中哈哈一笑了之，你说说知识分子怎么可能有正常的心态？凭什么来"高扬"人文精神？

你在信中说的那位来自北京的年轻研究者所持的"过时

论"，其病也正是这个中国特色。譬如看到一种新观点时，先要疑心有没有"政治背景"，很少从生活本身提出问题，独立地加以思考和论证的。我觉得那位研究者把当前知识分子的人文精神讨论比作1980年代知识分子的精英意识是不对的，两者是有区别的，那就是当时知识分子精英思想主要是通过"广场"的方式向"庙堂"侵入，企图建立新的庙堂理想，而此番关于"人文精神"的讨论，从根本上说是非政治功利性的，他们并不想通过这种讨论来达到对现时中国政治经济发展的干预，更没有想要从庙堂里获取什么，其标志之一，就是他们所采取的方式是非广场型的，是用民间的讨论方式来思考如何将人文精神同知识分子本身的工作岗位结合起来。我们提出并讨论人文精神，至少在现时不是要求改变客观社会，而是要求清算知识分子自身的腐败和萎靡状况。当年知识分子将关注点放在怎样用启蒙话语来指导民众，所论的多为对象世界；而当前知识分子则将关注点放在对知识分子自身的反省上，所论的是主体世界。人文精神失落一说，正是针对了知识分子自身的时弊，正是因为这样，此说提出才会引起如此强烈的反应。据一家报载，今年学术界热点纷繁，有"后殖民主义""东方主义""女权主义""新保守主义""京派海派之争"等等，有的是来自外国的话题，有的是一些市侩式的话题，并不怎么引人注意，唯独"人文精神"的讨论，竟让有些人感到恐慌和恼怒，也有些人感到做作的困难，其原因也在于这个话题直接逼近了知识分子真实的精神世界，触动了当前许多在时代发生深刻变革之际放弃自身责任的知识分子内心深处的不安和内疚。你信中所说的那位研究者认为"在世界改变面貌之际，知识分子的功能几乎都没有"之说，应是指知识分子"广场情结"的受挫而言，她把这两种知识分子的价值取向混同起来，必然会得出消极的结论。如果能转换一种价值取向，那么知识分子对社会进步的推动力及其丰富完善自身的努力，都是不可悲观的。

从"五四"以来，知识分子当中存在着一种思维定势：要么你关心社会政治，一味去搞社会运动；要么你关门读书，以保洁身自好。两者必须取一。他们看不到知识分子对社会的参与有着多种途径，社会进步需要人文理想，这在任何国家的现代化过程中都是遭遇的，知识分子对于这一历史过程中的人文理想的建设负有义不容辞的责任，这在欧洲"前现代→现代→后现代"的历史过程中被知识分子的实践道路证明。从马克思到萨特再到西方马克思主义，他们在伴随社会的进步过程中所做出的理论实践活动（从社会实践到学院式的研究），已经为后世提供了一笔丰富的精神遗产。我们或许能把这样一种知识分子对社会的自觉批判看作是人文精神的发扬，这绝不像有些学者所论证的，仅仅是资产阶级自由化的翻版。但我觉得，在现代社会里，知识分子对社会的参与是通过知识分子自身的方式来实现的，也就是说知识分子必须弄清楚他的岗位在哪里，他应该怎样通过自身的学术活动和知识分子方式来工作，来为全民族逐渐地培养起一种人文理想，使这个民族在现代化的自我更新中不至于造成精神失衡。我近日看了一部德国的电视剧，写德国的中学生参与了新纳粹的活动，拍得很阴暗，因为在病中，我不想多受不愉快的刺激，没看完就关了电视，可是我脑中的画面却久久不能消失，我从那些幼稚的中学生的举动中似乎看到了1960年代中国的红卫兵运动，当一股罪恶的思潮从上而下席卷而来时，我们再埋怨青少年不懂事就太晚了。德国的纳粹今天在青年中能产生一定的势力，战后德国的知识分子是难辞其咎的，至少他们未能在青少年的成长过程中栽下一些人类不可含糊的原则。知识分子的工作不能满足于解释现实世界，更要紧的是帮助人们超越现实世界的功利束缚，在精神上达到对历史和未来的整体观照。民族的愚昧往往和知识分子的整体疲软有关。当然，这样的工作应该成为知识分子长期从事的日常工作，不是通过"奋臂一呼而武人仓惶失措"的广场效应所能解决的，这个教训，已为"五四"一代的知识分子实践所证明。

从人文精神说到对人文精神的寻思，既说寻思，就是连寻思者也没有掌握人文精神的真谛，我们绝不是有谁收藏了一个"人文精神"的真本秘不示人，然后伪托神人下凡，发号施令。恰恰相反，寻思人文精神是从对自身的反省开始的，蔡翔有个说法我很赞成，他这样分析："在社会发生大变动的时候，知识分子开始重新渴求一种臧否天下的最高的精神凭藉。尽管在这种重建人文精神的口号中，隐隐含有为社会作出规范的企图，但是更多的仍是知识分子自我救赎的某种内在焦虑，他们不再明确要求社会应该怎样，而是首先要求自己应该怎样。他们首先对自己的灵魂进行'拷问'，在精神的炼狱中慢慢前行。这种自我救赎固然含有一种悲观的倾向，但却又是一个未来时代必要的前奏。"我觉得蔡翔说得很到位，人文精神讨论不是要求变动中的外在社会的规范，而是自省知识分子面对外部世界的变动时内在的心理规范。当初最先在《读书》杂志上进行讨论的几个朋友，都是在国内实际的社会变革中挣扎过来，都是带着自身的困惑和迷茫提出问题、探讨问题，问题提得准确与否本来是可以讨论的，但这些问题只是我们自己的问题，是我们对今天的生存环境的看法，这也是与有些学者把一些来自外国的话题当作自己的护身符来唬人根本不同的。

既然是从生活本身提出问题，我们当时主要是针对了这样两种思潮：一种是自觉放弃知识分子责任的文化现象，这种现象的标记是把所谓生存放在第一位，为了"生存"，可以放弃一切抽象的人生原则。譬如，我曾亲耳听一位"下海"的作家说：如果现在"四人帮"在台上，我肯定投靠上去。这话使我听了从头凉到脚，因为说这话的人，曾经写过许多批判现实生活和嘲讽"文革"时期文化的作品，应该说是个知识分子吧，他说这话不是出于无知，而是出于对生活经验的选择。往往就是这种自觉放弃生活原则的人，最反对你谈人文精神，他们往往以民主宽容的捍卫者面目出现，来掩盖内心的怯懦；还有一种，是在长期计划经济体制下失去了独立人格的文化现象，中国的知识分子在专制时代养成了一种避祸消灾的自我保护法，那就是所谓"避席畏闻文字狱，著书都为稻粱谋"，他们有意将治学与经世分隔开来，让自己的学问与人格一起慢慢地萎缩。在经济变革中，由于计划经济体制下的"大锅饭"（稻粱谋）受到了威胁，这种消极的精神现象有所滋长，你说的"生命的开花"在这种知识分子的精神状态中是找不到的。（居友的这本书我刚刚买到，还没有来得及看。）

讨论人文精神可能是一个很不合时宜的话题，现在要给它作科学定义还为时过早，但它提出的问题本身却证明了知识分子在现代社会中还有生命力，并没有淹没在一片市场的嘈杂声中。作为中国当代知识分子的一种理论实践，它绝不是完善的，需要在实践中慢慢地展示其真实的面貌。从传统上说，它与中外知识分子的精神遗产都有关系，但又是新的历史环境下的研究课题；它既是"五四"以后中国知识分子精神传统的继承，但又不是简单重复，甚至（在我看来）是在前人被证明已经失败的教训中产生的新思考和新探索。对于它的理论和实践的意义，究竟能被人理解多少，现在还是个未知数，我自己也觉得有些茫然，只能在实践中瞧吧。

这些问题想起来很诱人，但对一个病人来说却不是好的消闲方法，为了写这封信，我竟在电脑前面坐了三天，打打停停，连自己都觉得不耐烦。还是打住吧，反正你会来上海，有很多想法留到你来时再说。

近日秋风紧，菊花开，蟹正肥，快来吧。可惜我戒酒了。

祝好

弟　思和敬拜
1994年11月15日于黑水斋

（三）

坂井兄：

听说你9月初将来上海小住几天，这段时间我正在新加坡参加一个文学活动，要到6日才能返回上海，无缘与你相见了。本来有许多话题想与你进一步讨论，上次你来上海时我们所谈论的"人文精神寻思"，事隔半年不到便偃旗息鼓，的确很有中国特色。但由此引申开去的一些话题还在继续。既然你对此有兴趣，不妨略述以告。

记得在关于"人文精神"讨论的许多批评中，有一个说法是"人文精神"的提法太"空疏"，也就是说，这不过是提倡一种理想境界而不能切合实际、不能致用的意思。其实我早就说过，"人文精神"本来就是一种知识分子的实践——在社会转型过程中知识分子为实现自身价值的内心冲动和尝试行为。当然这也涉及一系列理论问题：什么是知识分子的"人文精神"？什么是知识分子的传统？知识分子从古典到现代的转型中，它的道统、学统都发生了哪些变化？知识分子在现实社会中除了承担某种职业以外，是否还应有自己的精神岗位？等等。这些虽然"空疏"了一些，但也不至于远不着边际，本来是在谈知识分子自己的事情，如果一个普通商人认为太空疏，这自然没有话说，但偏偏这回说其空疏者，大都是知识分子自己，这就有些奇怪。知识分子嘛，本来就有责任探讨一些对眼前来说是"空疏"的、但对长远的国家民族前途却至关紧要的问题，即使天下滔滔皆为肉食奔走，偶有一两人在荒江小屋探讨天堂里的玫瑰，也是不应该受到嘲笑的，更何况谈"人文精神"远不是天堂玫瑰那样超然。王安忆有篇文章里说了一个比喻，我很感动，她说："文学、思想好比远离城市的一片森林，虽然与城市建设无关，但它净化了空气，依然造福于城市。"我想，知识分子谈论"人文精神"大约也只能这样起作用，虽然"人文精神"

失落是个很远久的问题，但知识分子在今天的社会背景下提出来讨论，并有了一定的反响，说明这个问题本身就有现实意义，又何必一定要把"人文精神"与现实的人事纠纷联系起来，或者与现实的功利关系相联系，去解决某些吃饭问题，才算得不"空疏"、有针对性了呢？对此，我总会生出些莫名的恐惧，总觉得中国的知识分子在近几年的沉闷空气和金钱压力下变得有些麻木了，对精神现象本身激不起热情和兴趣，所以有些理论研究都当成新闻工作来搞，不断需要制造热点刺激，制造新闻效应——也许这正是精神界没有自信的一种表现吧，关于"人文精神"的讨论不幸就被"酱"在这种纠纷里面，当代学术界之面貌可见一斑。

不过现在总算有了不"空疏"的话题了。去年开始，先有作家王蒙对"人文精神"提出一系列的批评，引起了大大小小的争吵；后又有几位知青作家仗义执言，对知识界的某些现象进行猛烈抨击，被人称作"道德理想主义""冒险主义"……一直到暗示有中国式"奥姆真理教"的嫌疑等等，褒贬不一。这两场争论是今年以来中国文坛一大景观。它们之间虽然有些互相扯及，但还是事分两桩，好说一些。

先说王蒙对"人文精神"的批评，起先很使我惊讶，因为王蒙是我们很尊敬的作家，而且以他一贯的宽容和睿智，以及他对我们过去工作的了解，不至于会对"人文精神寻思"抱那么大的反感，这里面一定存在着什么误解，所以晓明兄对此未置一词辩解。直到前不久我在《光明日报》上读了一篇有关"人文精神"讨论的综述，才恍然大悟：其中确有些不该发生的误解在。那篇综述文章也是我相熟的一位朋友所写，她有些粗心，估计没有细读太多的原始材料，有些观点很可能来源于北京一些圈子内的道听途说，但正因为如此，才让我知道了北京学界的某些心态。那篇综述说，1993年王蒙在《读书》杂志上发表过一篇谈王朔的文章，对王朔的"躲避崇高"有所肯定；而王晓明则在《上海文学》上发表一篇他与学生们关于"人文精神"的讨论，批评了王朔与张艺谋，于是引起了争论。把一场有关知识分子反思的精神对话归结为对王朔的不同评价，至少是不准确的。因为在早期讨论"人文精神"的时候，虽是举了王朔的例子，但谁也不曾注意到王蒙的立场。其实，王蒙在1993年发表的关于王朔的观点，在北京可能有些影响，但在上海并没有引起注意，这些观点很平常，我本人早在1989年写作《当代文学中的颓废文化心理》和《关于世纪末的对话》中早已作过详细论述，为王朔做过辩护，那时王蒙还做着文化部部长，而北京的评论界都在骂王朔"痞子"。王朔早期小说中利用民间话语批判现存社会体制的意义，谁也没有否定过。但是从电视剧《渴望》起，王朔在商品大潮中开始媚俗，将原来对传统的国家意识形态及其承担者知识分子的解构改为单单嘲讽知识分子和文化传统，并以此迎合社会上下的否定文化、轻视知识的拜金主义，这才是引起知识分子反感的理由。王晓明和他的学生们批评王朔只是谈"人文精神"的一个小插曲，并没有要把王朔驱逐出文坛的意思（也没有这种权力），更没有故意与王蒙为难的意思。但从这个插曲里，我倒明白了为什么王蒙从一开始批评"人文精神寻思"就那么在乎对王朔的评价，并把批评王朔扯上文化专制主义的高度。

但话虽这么说，引起争论的起因可能有些误解，但争论中有些实质性的分歧依然是真实的。我不喜欢双方在争论中使用人身攻击的态度，这至少是对对方人格的不尊重。我想伏尔泰老人的那句名言还是应该作为今天学术争论的原则：我尽管不同意你的观点，但我仍然拼死捍卫你的发言权。以今天的中国之大，当然容得下一个王朔，但也应容得下别人对王朔的批判，更应该容得下知识分子对"人文精神"的寻思，这样才算得上民主和宽容的时代。对于王朔的不同评价，对于"人文精神"的不同理解，只要双方在平等对话的基础上作学术探讨，只要双方手里都没有禁止对方言论自由的权利，也不向权力者去暗示对方为危险分子，那么，我认为这种现象本身就是值得提倡的民主和宽容。王蒙作为一个厕身庙堂的知识分子，他无论是在朝在野，眼睛总是紧张地盯着庙堂的对手，他警惕任何不利于市场经济的批评会导致"左"的政治势力有机可乘。应该说，他的这种担心并非无的放矢,社会上确实有些"半是挽歌,半是谤文;半是过去的回音,半是未来的恫吓"而不能理解现代历史进程的批评,同样也祭起"道德理想"的旗号来谈论"人文精神",这让人哭笑不得。记得上次我们在川妹子饭店用餐时,你说过"人文精神"是否会被有些政治色彩的口号所混同的问题,最近有朋友给我寄来一份北京的报纸,上面刊登了某个会议讨论"人文精神"的消息,其调子正是你所担忧的事情,真是不幸而言中。不过再一想,"人文精神"也不是谁的专利,谁都可以对它作出解释,我们的文章、立场俱在,所谓被某某利用的担忧,只是一种危言耸听罢了。

但王蒙这种担忧和批评的本身,则反映了他一元化的思维立场。也许,我们今天就身处于混乱里面,任何企图彻底澄清思想界的努力都是徒劳的。我们所面对的现实世界是中外历史上都从未经历过的一场社会大实验,历史的和横向的理论经验都无法提供现成的参照,我们的话题只能从现实生活的环境出发,从我们设身处地的本真感受出发,这样的环境为中国知识分子提供了前所未有的思想实践的可能性,除了庙堂的立场外,还有知识分子自己的立场、民间的立场,都可以作为价值多元的基础。我觉得,作为一个知识分子,首先不能放弃独立思想的权利,其次不能因为顾忌现实环境而放弃表达自己思想的权利,只要这种实践不在外界的粗暴干涉下人为中断,它慢慢地可能会形成一个多元的文化批评格局，这应该是知识分子通过努力实践所能争取到的理想的文化空间。"多元"意味着知识分子的批评活动与传统的权利意识分离，意味着任何一种批评都不可能构成主流而侵犯他人的言论自由。虽然现在很难说这样的批评格局已经形成，但至少给了我们一个去努力的目标。我想，眼下有些人对文化批评的恐惧，多半是出于没把知识分子的履行文化批评使命与权力者利用权力实行言论控制很好地区分开来。这些话我在其他文章里也说过，不必重复。前几年《胡风评论集》出版的时候，有人读后就提出一个问题：胡风的理论批评似乎也很"左"啊，如果他当了文化部部长是不是会比周扬更厉害？其实提出这个问题的人忘了一个必要前提，就是胡风并没有当文化部长，他的理论始终没有与权力结合起来，他在理论上的偏激，没有妨碍被批评者的自由。又比如，有人将现有的批评文风归咎于1930年代的左翼批评，这也是很冤枉的，左翼批评自然有些教条或霸气，但那时左翼文化运动基本上处于地下活动，他们本身受着国民党专制主义的残酷迫害，他们东躲西藏，写的文章大都发表在秘密刊物上，社会上没有多少人能看到，即使利用各种关系公开发表出来，也受到从编辑到审查官的删节，即便是偏激一些，又怎么能对被批评者构成威胁？1930—1940年代有谁是被左翼作家骂了而敲掉饭碗、生计或者生命受过威胁？之所以给后人造成左翼批评很可怕的印象，恰恰是1950年代以后，一些左翼批评家们掌握了文艺教育的权力，在一些文学史的编写中把过去被左翼批评过的作家都打入"反动"一帮，在历次政治运动中又对被左翼批评过的知识分子"再批判"，这才构成了一件件冤假错案。难道后来的权力作祟，也要以前在白色恐怖下为了理想英勇献身的左翼作家来承当？现在同样的问题又来了，我不止一次地听人说：要是张承志……但是，就不能想想，一个从边缘地区的少数民族宗教里寻来的思想理论，可能给太平盛世的灯红酒绿带来多少威胁？那些对张承志等人的忧虑，不觉得有点杞人忧天吗？

接下去似乎可以谈一下几个知青作家的文化批判了。这些作家里，主要有西北的张承志和山东的张炜，有好事的年轻人编了两本书，总起来叫"抵抗投降书系"，在北京出版，据说还收入了我和一些年轻朋友关于"二张"的评论文章。不过我至今也没有看到这两本书，所以无从论起，只是从北京有些学者对它的批评看，可能对"二张"抨世的社会效应无论褒贬都有虚张声势的地方。作家们加入了争论以后，对"人文精神"的讨伐开始转移了，大家都去骂作家，"人文精神"至多作为"陪斗"顺便被提一下。从原来对"人文精神"的寻思到作家们的文化批判，这里发生了一些变化：原来学院式的学术研讨转为对现实的批评，而且作家们总是更加感性，用语也更加形象和夸张，因而从不"空疏"的角度说，大约可以满足一些人的要求。有人称这个批判思潮为"道德理想主义",我无法确切地断定用这个说法来概括当下的文化批评思潮是否准确。因为这个词本身带有含混暧昧的意味:眼下与传统意识形态相联系的所谓"道德理想"正在迅速崩溃瓦解,假如我们把张承志、张炜等人的文化批判都称为是一种道德理想主义,那首先应该在这个词里剔除原有的意识形态气味,把人类的道德理想还原成一种多元开放、充满生生不息的原始正义的局面。所谓道德,就是关于人与人之间相处的伦理学,在人类民间生活中始终存在着一种原始正义感,当代知识分子在寻求批评武器和思想依恃时背离权力象征的庙堂,走向民间的原始正义,这才有了张承志的哲合忍耶,也有了张炜的关于土地、生命和人的一系列民间世界,其思想的丰富性,是用历史的进化论和哲学的二分法所无法理解的。

前不久读完了居友的《无义务无制裁的道德概论》一书,对这位哲学家的伦理学我早在大学时代就有所了解,这回读了他的著作也没有什么新的发现。无政府主义常常被人误解成恐怖主义或暴力主义,他们所倡导的那种拒绝一切国家制度形式的极端主张很容易被人误解,但无政府主义自有理想主义的一面,那就是它的哲学和伦理学。居友也好,克鲁泡特金也好,都是道德理想主义者,他们从生物学的科学研究中发现了人类互助的本能,由此引申出一套伦理观念,认为人们在拒绝一切外在强加于人的道德法规以后（即所谓义务和制裁），会从生命的自然规律中慢慢生出一种道德自律，来作为未来理想的伦理学基础。这种道德理想主义多少带有一点乌托邦的色彩，但无政府主义者正是在这种道德理想的鼓舞下才不至于走上令人厌恶的恐怖主义道路。由此再联系到"二张"的文化批判，我以为有些问题是可以获得进一步理解的。他们用了偏激和怪诞的语气来抨击当下的许多文化现象（尤其是知识分子中的堕落行为），是因为他们本身都站在社会文化的边缘，商品经济大潮的呼啸声已经震坏了社会的耳膜，不以黄钟大吕难有警世的功效，这与20世纪的无政府主义者的极端行为有某种共同之处；再者，他们都在现代都市以外的民间寻找道德生长点，刚才我说他们倚仗了民间的原始正义感，正是在去除了层层遮蔽以后的民间道德范畴里，最接近居友所说的生命的本能冲动和快乐欲望。我不懂哲合忍耶，不敢乱说，但从张炜的关于大地的哲学里完全能够体会到这种强烈的生命与爱的力量。尽管他们反复说了关于仇恨、不宽容之类的话，但他们的文化批判的背后，正是寄托了强烈的爱的感情。从这个意义上说，他们是道德理想主义者也未尝不可。

也许这些争论很快就会消失得干干净净，但我想，历史上曾经有过的声音总归会留下些痕迹，对后人是一种思想的资料。在知识分子的人文传统里，个人是渺小的，只有守先待后，让传统之流静静地在自己身上流淌过去，才能把自己的生命信息也带入传统，传到后世。中国文化现在正处在一个前所未有的大变动中，我们这些争论或许永远不会得到最后的结论，也可能很快就会有结论。

这些话本来可以待你来上海后再说的，现在写下来，算是对你这次即将启程的上海之行的一点小礼物吧。

弟　思和敬拜

1995年8月8日

书信之一、之三初刊海口《天涯》1996年第1期，

原题为《就95"人文精神"论争致日本学者》；

之二初刊上海《海上论丛》1996年第1辑，

原题为《关于人文精神的通信》

附：《人文精神讨论再出发》[①]

已经十八年过去，那么久时间了，这么多年没想过这些事情。刚才汝伦说的我们当时的感觉是对的。当时大家只是有一

[①] 2012年2月26日，《东方早报·上海书评》主编陆灏先生借静安别墅的一家小书店，策划了一个"人文精神再出发"的座谈会，邀请王晓明、张汝伦、高瑞泉和我一起回顾当年人文精神寻思的大讨论。本文是我在会上的发言，根据录音整理，经本人修订。

种不安，因为那个时候，中国人的思维模式基本上是二元对立的，人们关心中国的未来，要么是坚持改革开放，要么就可能退回到极"左"路线的那一套，当然那时知识界基本上是倾向于坚持改革开放的，谁都知道倒退没有出路。但是到了1992年以后，市场经济的大潮突然汹涌起来，真的"开放"了，这在中国现代史上不是一个新时代，但对我们来说是一个新时代，因为我们没有看到过市场经济是怎么回事。在1949年以前生活过的人都明白，社会本来就应该是这样的，用不着大惊小怪。计划经济是1950年代才开始实行的，是很短的时间，但我们都是1949年以后出生的，所以我们就大惊小怪起来，觉得这好像是一件很大的事情。市场经济的开放，再加上政治风波，两件事撞在一块儿。对知识界来说，政治是无法公开反思的，于是就把反思的热情都转到了经济话题上。表面上看这两个问题并不相干，甚至有点相冲突，但是政治经济社会内在的矛盾性就是通过这样一种怪诞的形态表现出来。这个内在矛盾包含了中国社会以后二十多年发展的基本形态，直到我们今天，不仅没有从这个内在矛盾摆脱出来，而且冲突越来越尖锐了。

我们这代人，因为从小受的教育是批判资本主义经济，我们习惯的一个思维模式是对市场经济怀着警惕心……其实到今天为止，中国这十几二十年来的市场经济，我们不陌生啦。为什么不陌生？1970年代我就读过马克思的《资本论》，读过当时流行的政治经济学理论，今天社会上被揭露出来的大量犯罪现象，为了追求高额利润而置道德法律于不顾的现象，就是马克思当年指出的，资本家为了追求300%的利润连上断头台都不怕。这套道理放在今天来看，仍然有它的现实意义。马克思对资本的描述也没有过时。所以在1994年那个时候，大家的第一个反应，就觉得，这样一场市场经济大变革，会给我们日常生活中的伦理道德习俗都带来强烈冲击，可能对人文立场带来的冲击更大。这不是危言耸听，这二十年来的实践是被不幸言中的，但当时可能仅仅是因为我们受了传统的对资本主义经济文化过于警惕而带来的忧虑，或者是一种不习惯、不适应。但是我们提出的人文精神失落的问题，根源肯定不在当时刚刚开始的市场化，（因为它的危害性还没有充分展示出来），而其根源恰恰是近五十年的历史，是所谓的计划经济和意识形态高度控制的政治形态导致了知识分子的人文精神失落和人格的软化。所以问题的复杂性就在这里，"人文精神"讨论是从"寻思"开始的。所谓"寻思"是因为人文精神已经失落了，但是只有在市场经济兴起的时候，我们才有可能把它提出来"讨论"，而且讨论的问题是从对于市场经济可能会带来消极后果的忧虑开始的。这样，这个讨论必然会带来两个后果：一个是它引起的社会反响是多方面的，有对政治上的极"左"路线以及计划经济造成人格萎缩的反思，也有对刚刚兴起的市场经济及其可能带来的人欲泛滥的忧虑。一个是它也带来了两种批评意见：一种认为我们是在批判市场经济，反对改革开放；另一种认为我们还在延续启蒙的旧话题，还在唱自由主义的老调。

时过十八年再来看这个问题，我还是要问一下：中国的决策者在近五十年的社会主义实践中对于马克思主义经典作家批判资本主义的理论并不陌生，可是在全国推行商品经济、市场经济的关键时刻，为什么不在思想理论上对商品和资本可能带来的腐蚀性和破坏性保持充分的警惕呢？为什么不把它放到改革开放的总体思考中去解决呢？这些问题本来应该是理论工作者首先提出来的，结果轮到人文知识分子外行地提出这些问题，不可能真正地击中要害。人文知识分子只能在人文精神的立场和范围内思考和提出讨论，其局限性是必然的，而且这些问题不是在高层的范围里争鸣，而是被媒体炒作式的开场，也是一个局限，任何理论问题进入大众媒体层面就变了味，人们可能广泛关心的就是汝伦刚才说的，我们拿三百块钱，人家拿三千块钱，人家就说我们眼红了。但可能还有另外一种说法，就是我们拿三百块钱，人家拿三块钱，他也会说，你们拿了三百块钱的，还讲什么人文精神，你们不让我们吃肉吗？

"人文精神"的核心问题，还是涉及人如何合理地被对待。这个问题很复杂，不能简单地归咎于中国人近二十年来的追求欲望。这二十年来，中国经济飞速发展，人的欲望也在不断增长。人为满足自己的欲望去争取更多的权利，这没有错。因为以前的社会生产力低下，不可能满足人们的生存欲望（享乐欲望是生存欲望的一部分），或者仅有的一点社会财富因为分配不公，大多数人得不到，被少数权力阶级所占有，才出现了各种各样的问题，包括革命、动乱、改朝换代等等。但是也有些人反感社会上的分配不公和公开掠夺，残酷的阶级压迫在大多数人良心上过不去，就会逐渐形成道德。道德本身产生于人的良知，它不是用来压抑人性欲望的，而是期望于人格的自我完善。但是在社会矛盾中，道德往往是统治阶级的思想的外化，道德与法律、军队等国家机器一样地演变成外在于人的良知的社会统治力量，主要是为了摆平人的欲望。道德约束太多了也不利于人的心灵的自由发展。这二十多年来，人的欲望逐渐在恢复，也应该看到正面的意义。人越来越学会保护自己的利益，就是人性越来越丰富的一种表现，人的欲望与自我尊重、人的自觉都是联系在一起的。但由于个人欲望过大伤及社会，不仅伤害了其他人，现在已经延伸到伤害自然界的动物，比如熊、鲨鱼等等。道德已经扩展到动物世界，过去可以说有钱人剥夺其他人，现在人类的欲望已经伤害到自然界了。这就是人的普遍道德，也是人类的进步。在生产力低下的时候，人们通常不会考虑这些问题。

关键是我们今天的人文社会科学没有把这些现象梳理清楚，有些现象本来就是异化的产物，比如国家的形式。按照马克思主义的国家学说，国家本来就是一部分阶级剥夺另一部分阶级的机器，至于国家这种统治形式如何真正体现全体人民当家作主的本质，似乎从"十月革命"到"文化大革命"的实践都没有很好地解决。这样一些根本性的问题，人文科学本来是应该深入探讨，面对新的实践产生新的理论创新，人文的根本问题是要改造人的心灵，让人的良知不断扩大，让社会发展越来越趋向人性化。我们在1994年提出这个问题的时候，就已经看到人性的缺失和盲点，发展到前几年，山西黑煤窑事件出来了，到了这几年食品有毒现象被普遍发现，中国人就到了"最危险的时候"。如果我们当时人文科学的力量能强大一点，在改革开放、市场经济刚刚开始的时候，人文教育、宣传、法律等工作能做得好一点的话，也许能及早防止这样的事件发生。但是我们没有这样的能力。人文工作者是有责任的，但关键是我们法治不健全，舆论监督不健全，人文理想教育不健全，我们坚持的社会体制的理念，与市场经济规律是不吻合的。法律、舆论、道德教育都无法制约社会经济疯狂发展，最后没有力量制约这个社会，人心就坏掉了；或者仅仅依靠国家权力来制约社会，结果仍然会回到计划经济的老路。西方资本主义在初期发展的时候也有很多问题，但是法律可以制约你，舆论可以监督你，社会良知可以批判你。有很多因素可以来钳制决策，但我们没有，我们所有问题最后都是靠国家权力来推动解决。这是思想理论的贫困造成的。以后怎么样还不知道，因为我们现在讨论的问题，欧洲在两百年前也出现了，你看左拉、巴尔扎克的法国文学，也有煤窑的事件，也有砍伐森林破坏自然资源，也有商品经济决定一切而造成社会道德伦理的堕落、人性的堕落，等等，这类西方小说我们还看得少吗？但随着经济的发展，文明程度的提高，人的良知会不会也逐渐提高呢？这也不是完全不可能的。你现在站在马路边上看，凡是乱闯红绿灯不遵守交通规则的，多半是成年人，尤其是老年人，而中学生以下的很少。这就意味着社会在进步。社会是需要有制约力量的，也需要有自觉的公民。文学的、历史的、哲学的、社会学的、媒体的相关领域工作人员，都应该为这个社会的良性循环去努力，建设一种道德理想的规范。这个规范当然没有法律的约束力，但是要比法律拥有更高的精神目标，这是文化建设的最高意义。我们今天，包括我们自己的工作，都属于这个人文精神建设工程中的元素。

我当时提出岗位意识就是这个意思。当年资本主义在欧洲发展的时候，不管马克思批判还是巴尔扎克批判，都是没用的，资本主义照样会按照它的历史规律在发展，但是有人批判总比没有人批判好，总比一片乌烟瘴气好。批判的过程中人们就会警惕各种负面问题，会提出各种建议来纠正，哪怕从消极的意义上说，不让它更坏下去。现在我们做不到。我们当时觉得，我们人文学科的学者，包括媒体工作人员，如果都能在自己的岗位上坚守住人文底线，不要夸张那些不该夸张的东西，社会还是会慢慢向好的方向扭转。这关键是精神。

我不久前去了意大利，到了那里才理解"文艺复兴"意味着什么。我们想象米开朗琪罗的雕塑，那种充满人的力量的、张扬人性力量的、裸体的艺术，他在西斯廷教堂圆顶上画的《创世纪》，连上帝都是裸体的，在我们看来真是惊世骇俗，但你看到那么多古希腊、古罗马时代的雕塑，几乎所有的伟大雕塑都是夸张人体的、裸体的，包括人的生殖器官的表现，广场上、建筑物上、教堂里，还有博物馆里，到处都是展示人体艺术的美好，你说这里面不包含欲望的成分吗？没有色情的成分吗？肯定是包含的。但是在古代人看来生殖本身就是神奇的、伟大的、了不起的、值得赞美的。所以人就是美好的，人性也是美好的。人活在那个时代多么自信，多么理直气壮！"文艺复兴"就是"复兴"这些被基督教遮蔽了的人性美好的本相。我觉得米开朗琪罗的雕塑未必就比古希腊、古罗马时代的艺术家做得更好，古代欧洲的人体艺术，人体的美感、夸张的力量，比文艺复兴时期更有力度。这就是传统，人性的传统，我在埃及的古代雕塑里就没有见到这样的传统。文艺复兴发生在意大利，是有传统的。当时的社会体制也未必是很健全，教会的力量还是很大，社会也很颓废荒诞，薄伽丘《十日谈》不是刻画了那个时代的颓废淫荡风气吗？那些艺术赞助人，皇帝诸侯教宗，把米开朗琪罗等艺术家养在那里，给他们订单，还不是和我们现在争取国家项目一样吗？米开朗琪罗本来在做雕塑，后来教宗让他去画西斯廷教堂的圆顶，他就改作绘画了。所以关键还是人，他做得好啊。人总是戴着镣铐跳舞，关键是我们怎样在有限的生命空间里把自己的生命能量发挥到最好。我们现在的人文学科的学者往往是一面借口机制不好、束缚太大，另一面也没有利用这种机制去做本来可以做好的工作。

我们这一代人为什么会想到人文精神的传承问题？我觉得这与我们的导师有关。我们都是"文革"后恢复高考的受益者。我们的导师也不是生活在非常好的环境，而都是在牛棚、劳改的环境下走出来的，比如贾植芳先生、钱谷融先生、王元化先生、冯契先生，他们在一生中可能也没做多少事情，但是他们在晚年的时候却非常可贵地把他们身上的人文传统传承了下来。那代人在1949年以后没有什么条件做学问，但是在最后把作为中国知识分子应该有的宝贵品质传给我们这一代学者。我们当时知识水平也不够，但是受着这样的传统的影响和教育而成长起来。人文精神说到底就是人对生活的态度。上海社科院的张文江在这么困难的情况下，把潘雨廷先生的东西整理出来了。他当时患了绝症，两次换肝脏，我到医院去看他，整个人就像一段黑木头似的躺在床上，骨瘦如柴，就是两只眼睛一直很有精神。他就是在这种境况下，躺在医院里等待着换肝，却还在修改他导师潘雨廷先生的讲话记录稿，就是为自己的老师延续学术香火，潘先生也是幸运，上帝安排了一个学生来帮他把学问传承下去。张文江将来再把这个学问传给谁？人类精神的血脉就是这样一代一代地传下去的，成为人文科学的传统。我的认识是，做学问只能靠自己，对外在的环境不能有太多的期望，我现在连批评社会都没兴趣。关键是做自己的事，能做多少算多少。

网上的一些言论者，平常生活里也可能不那么完美，也会做些损害别人的事情，但是当他在网上看到一些恶劣的事，他就会义愤填膺，还是会批评社会上的不正之风。这时候个人品行不重要，重要的是正义的声音慢慢多了，有些力量就会慢慢集中起来，把个人身上的邪恶因素慢慢化解掉。民间的力量在这个场合就会表现出道德感、正义感。这对言论者个人的行为也会是一种约束，是自我的约束。

2012年5月9日根据录音整理

初刊《东方早报·上海书评》2012年5月27日

致王晓明[1]

晓明兄：

在我的电子信箱里读到你传来的关于"成功人士"的随笔[2]，很有兴趣地联想到一些文化现象。在韩国几个月来活得还算平静，我一直埋头于自己的《中国当代文学史教程》的写作，顺便给我的一位韩国博士生讲授胡风文艺理论，倒也渐渐淡忘了在国内时的困惑。今读你的随笔，先是一阵新鲜感，接着又联想到一些事情。——身在异地，接触到的只能是这里的事情：虽然不懂韩国话，电视还是看的，前些时候，韩国现代财团的董事长郑周永老先生颤巍巍地访问朝鲜，打开了朝鲜半岛南北民间交流的大门。郑老先生大约有八十多岁的样子，在一大群亮丽的孙女和孙媳妇的簇拥下，成了媒体上最大的"成功人士"，在韩国经济不景气的状况下，现代财团不但成功地独揽开

---

[1] 王晓明，当时为上海华东师范大学中文系教授，鲁迅研究专家和现代文学研究学者，"人文精神寻思"的发起者之一。现任上海大学教授，博士生导师，从事文化研究工作。
[2] 参阅王晓明的《半张脸的神话》，发表于《上海文学》1999年第4期。

发北部旅游事业的专利，而且因为对国家做出了突出贡献而获得兼并另一家汽车集团的优先权，真是创造了令人羡慕的当代神话。这当然不是一个单纯的民间商业活动，事件背后传递出南北政治势力开始走向对话的新信息，是政治利益、经济利益、民族利益、民间欲望等合谋制造的一个"大成功"。有关这些内幕如果公布出来也许会成为历史学家津津乐道的研究课题。但在现在，尤其对一个局外人来说，则很难发表什么看法，因为仅仅靠电视镜头里的鲜花、神牛、美女和金刚山的图片，就同在汉城现代财团总部门口我看到的下岗人员的示威活动和全副武装的警察一样，都无法揭示事件内在的复杂真相。

回到你的随笔所展开的话题上来，我也同样觉得有些困惑。困惑在于你所分析的这种"成功人士"的实际社会形态，也就是你所指的"新富人"阶层，离开我们的学术生活实在太遥远，以致于这些曾经被有些知识分子理想化了的"中产阶级"，只能以广告或传媒的文学性形象来接近我们。这种模糊不清的文学形象对一个小孩来说是很有吸引力的，现在随便去问一个小学生长大后要做什么，他会毫不迟疑地大声宣布：做老板、赚钱！至于做老板将如何赚钱，则是他不必关心，也不必知道的。这种模糊不清的文学形象对普通市民来说也是很有吸引力的，因为谁都明白自己很难真正接近这样一个社会阶层，但这一阶层所拥有的现代豪华别墅、名牌汽车、美丽女人，以及种种无以名状的物质享受，又都是抵挡不住的诱惑，"成功人士"的文学广告形象对他们来说正好起到了望梅止渴的作用。但是，作为这一形象的塑造者，即把这种形象的塑造成当今社会文化的流行款式、理想楷模以及成功标志来宣传的知识分子，他们到底是怎么想的？这反映了一种什么样的文化现象？读了你的随笔引起我思考的兴奋点，主要就在这里。

你把有关"成功人士"的文学广告形象称作"半张脸"，其实这"半张脸"，如果你真的定睛看去仍然是模糊不清的。因为另外"半张"的不可告人或不可言说，必然会影响此"半张"的鲜亮和光洁度。这只要看看当代的流行读物和大众传媒，自称商战题材、财经小说、金融小说等文学读物和影视作品并不少见，但真正能体现"成功人士"的艺术形象却一个也没有。严肃文学自然不必说，连充斥在流行读物里的，也还是梁凤仪式的那些爱来爱去的离婚女人。还有，现在自称为"白领"服务的刊物也很多，但翻来覆去也就是一些变相的时装和西方文化商品的广告，真正反映白领的社会问题、白领的苦恼与困扰，以及以现实主义的态度来表现白领阶层生活的作品，却不知道有还是没有。这不能怨"成功人士"的创作者缺乏想象力，只是社会想象中的"成功人士"并不是以真正的财富获取者的实际社会形态为基础的。那些"成功人士"的想象者和塑造者，大约也与我们一样，离开那个真实的社会阶层遥远得很——真正的经济集团的内幕事情是不能写的,只要稍一接近某种真相,马上会引出官司纠纷,而法律也十之八九让没钱的文人小子倒霉;真正的社会批判更不能发表,不说有关部门会敏感地当作什么舆情关注,更有许多非有关部门的"成功人士"捍卫者马上会来给你鼻子上抹白粉:脱离大众的实际需要啊,吃不到葡萄说葡萄酸啊,或者一边吃葡萄一边骂葡萄酸啊,反对改革啊,民粹派的阴魂啊,知识霸权啊,还有还有什么——于是乎,最安全的办法还是按广告文学形象来塑造"成功人士"。既是虚构的神话,不妨让它的内涵暧昧一点:既有让"一部分人先富起来"的政策,也有商家产品设计的潜在对象的塑造,更有市民阶层的欲望和鼓励;也许还包含了知识分子对现代化理想的某种粗浅的表达。真可谓左右逢源,它怎么能不光彩照人,风情万种?

我这么说,也不是把责任全推给广告形象的塑造者来承担,虽然"成功人士"的文学广告形象是上下合力根据现实需要制造出来的神话,不过也是无可奈何的。从创作者的立场来说,又何尝不想写出更为深刻饱满、有血有肉的"社会中坚"和"理想英雄"?如果说,创造出真正的当今财富获取者的艺术形象需要勇气和代价的话,中国的作家并不缺乏愿意冒这份险的人。但,即使有这样愿意冒险的作家,有没有可以拿得出手的"成功人士"还是一个问题。记得前几年有一位作家朋友为了创作表现上海的金融事业，花费大量的时间到股票市场和证券公司去体验生活，也结识了几个金融界的所谓"成功人士"，那位朋友曾经深深地为那些当代英雄的"事业"激动过一阵，他写了反映上海金融界改革"业绩"的长篇小说。承他不弃，将小说初稿送给我看，我认认真真地读了一遍，并坦率地说出了自己的看法，我觉得他对那些金融改革中的风云人物寄予太高的期望，而人性中丑恶的、阴暗的一面揭示得很不够。其实我这么说只是遵奉了现实主义的传统主张，至于为什么要对那些"成功人士"持批判态度，具体的也说不出个子午卯酉。记得当时还有一位前辈评论家在场，她比较有机会接触那位作家笔下人物的原型，她干脆地对那位作家说："你太老实了，那几个人用什么手段来获得商业上的成功，他们才不会把真相告诉你，他们背后的很多事情是没法说出来的。"我当时听了就有所感，那位前辈评论家的话是有了世故才说得出来的。果然，没过几年，突然听说那位金融界的"成功人士"锒铛下狱了，原因也很暧昧，一会儿听说是资金运作犯了错误，一会儿又听说是资金转移外逃，反正事实的真相也很难搞得清楚，不过"成功人士"瞬间就不成功了倒是个事实。再仔细想想，这改革开放政策实行二十年来，反对者不过是坐在家里发发牢骚，写写万言书，倒也进不了班房，而投身下海的弄潮儿们，却到底有几个能够立于不败之地的？有没有记者统计过，在上海像那位金融界的"成功人士"那样遭遇的人到底有多少？有没有作家认真调查后，写一组"成功人士"转化为"失败人士"的报告文学，我想假如谁写好了这个题目，一定比单做"成功人士"的广告文学要成功得多，也有价值得多。但问题是，他能不能写？写得好写不好？因为这才会扯出那些"成功人士"的另一半脸来。

如果说，像那个金融界的"成功人士"的失败只是偶然事件，那可以将原因归咎于具体的操作过失和个别人的道德缺陷，但这样的事件含有某种普遍性，就如前些年有帮忙文人鼓吹的"腐败不可避免论"那样，那就应该追究社会的原因，检讨在国家实行的改革开放的政策上是否存在着产生腐化的机制，权力（我指的是社会上形形色色的权力，如税收、治安、财务、行政各条各线所拥有的权力）在执行改革开放政策过程中是否自觉地追求被金钱腐蚀或收买？1980年代文学创作提出反特权腐败以至反衙内的时候，这些腐败现象不过是起于青萍之间。本来，在法律既不健全，又缺乏正当舆论监督的情况下，文学与作家的正义感在社会上可以起有限的警世作用，可是当时连这样有限的警告都不许存在——还记得《假如我是真的》引起的争议吗？这都是检讨文学与社会的关系的典型事例。当然社会问题的真正症结从来不是文学作品所能解决的，但文学不能正面揭露社会的黑暗面、不能真实揭露权力和金钱相勾结所产生的可怕效应，那么，文学怎么能承担起写"成功人士"的重大责任？先不说批判，也不说揭露，就说求真地写出那些利用国家权力转化成金钱的事实，那些投机事业在"腐化"的润滑剂下畸形发展的过程，能不能够？套一句过去被说烂了的话，假如巴尔扎克不写纽沁根银行的残酷发家史，假如德莱塞不写金融界的罪恶冒险史，文学史上哪里会有现实主义的史诗式的文学？所以，我每次听人说起什么现实主义是当代文学主流的话，总是忍不住苦笑，中国文学自胡风以后哪里还有"现实主义"？至多是精心包装过的打了折扣的现实主义，后来连折扣现实主义也不允许存在了，于是乎，那些甜腻腻、软扑扑的"成功人士"的广告文学形象就合法地来朝你微笑了。

也许我这么说又会被时贤们笑为书生之见、空疏之论：世界上哪里来的纯而又纯的改革发展呢？这道理我当然知道，我并没有在议论经济或法律的问题，一向自认是个文学研究工作者，对于非专业的宏论早就不发了。我绝不会像梁晓声兄那样费心费神地研究"中国社会各阶层分析"，也不会像汪晖兄那样高屋建瓴地纵谈"当代中国思想状况"，虽然很钦佩他们，但总以为这些话题应是当今庙堂去关心的动向。然而即使就专业而论，我也有理由反诘：既然世界上没有纯而又纯的改革发展，那么，为什么只有纯而又纯的"成功人士"

的文学形象存在呢？何况，我提倡用现实主义的深度来写当今的"成功人士"，只要求真实地历史地反映这一阶层的生活本相，并没有要刻意写坏他们的意思，也没有要故意抹杀他们在当代社会转型中起的推动变革的作用。特别是起源于民间的资本力量，如何在社会底层使用种种合法与不合法的手段来一步步发展私营经济，为瓦解国家权力所垄断的社会财富，还富于民，它是做出了坚苦卓绝的挣扎与搏斗，如果真能写出这样的发家史或失败史，也该是惊心动魄的场面。但即使如此，不看到这些民间企业与生俱来的腐烂性也是不对的，这不是谁的责任问题，而是社会机制所造成的。我们常常想到萨特的剧本《苍蝇》，满城都是的苍蝇暗示了这座城里谁都是不干净的，从而权力者不仅掩盖了自身罪孽，还天然地保持了惩罚任何一个人的理由。民间企业的腐烂性是民间企业无法得到飞跃发展的关键所在，这一部分"成功人士"随时都可以转化成为"不成功人士"，与他们的成功俱在的腐烂性就像是体内的癌症，一旦碰触在法律上就发作，而这个碰触法律的时间表，则是掌握在谁手里呢？我们常常说"中国特色的市场经济"，但如何在文学创作上体现出这个"中国特色"，却似乎很少有人给以认真的探讨。

你看，由你的随笔，竟扯出我久久埋在心里的一些看法，不过我也知道你我所说的都是书生之见，于真正的文学创作没什么实际的意义。还是刹住吧,回到我们的文学研究中去吧。

再次匆匆问好

陈思和
1998年12月2日于汉城下溪洞望青楼
初刊《上海文学》1999年第4期
原题为《"成功人士"与"失败人士"》

第二辑

与文学评论有关的书简选

致周介人[①]（谈《玫瑰玫瑰香气扑鼻》）

周老师：

今天读到《钟山》编辑部给您的信，方知这个球本该是由您来接的，可您轻轻一脚把它传到了我的手中，让我稀里糊涂地接了下来。然而，接下来是一回事，做下去并且要做好又是另一回事。对于莫言，我想说的话已经都说过了，再重复没有意思，这才感到为难。如果一定要讲几句，那只好从这部新作《玫瑰玫瑰香气扑鼻》（以下简称《玫瑰》）谈一点想法。

说句实话，在我看来，这部作品并非莫言的佳作，但它仍然对我有吸引力，引起了我在某些问题上的联想。从我开始接触莫言的小说起，就一直在想一个问题：莫言对当代小说艺术的独特贡献究竟在哪里？是叙述的故事？是叙述的方式？或是有其他什么新招？我同王晓明也聊过，他认为这主要来自莫言在语言运用上的特色。后来他把这个想法写进文章里，还客气

[①] 周介人（1942—1998），评论家，时为《上海文学》执行副主编。

地说"这位朋友"（即我）和他取得了一致的看法。[1]我已经想不起当时是否"一致"过，只觉得晓明说得有点道理，发明权在他，不敢掠美。至于我，其实这个问题仍然没有想透，在《声色犬马》[2]那篇文章里，我只是从文化的角度谈了对莫言几部作品的感受，小心翼翼地避开了这个时时纠缠着我、使我百思不解的疑难。

奇怪的是，在我读了他的《红蝗》以及这部《玫瑰》后，脑子里原先弥漫着的腾腾雾气里忽而射进一道异妙的光线，似乎能够迷迷糊糊地感觉到雾中一些物件的轮廓，虽一时还分辨不出鼻子眼睛，但有了轮廓的影子，总比一团沉甸甸的浓雾乐观些。

早在读莫言的《红高粱》时，我就想到了1950年代写《苦菜花》《迎春花》的作家冯德英。在战争小说的审美把握上，我以为冯德英是那个时代最优秀的一位作家。他第一个力图摆脱战争题材的政治模式，渲染出人的生命在战火中的腾跃、挣扎和呻吟。冯德英从来不讳言战争的残酷性，也不讳言人性中的黑暗与光明怎样在战争环境里发生激烈的冲突。莫言小说中许多富有刺激性的场面，都使我联想起这位作家在1950年代贫瘠的土壤上精心培育起来的"两朵花"。莫言在战争小说的审美

---

[1] 参见王晓明《在语言的挑战面前》，载《当代作家评论》1986年第5期。
[2] 参见拙文《声色犬马皆有境界》，载《作家》1987年第8期。

上，只是继续了冯德英的道路，而这种探索是正视战争的真实性的必然结果。

暴力与性，在今天的理论界仍然是讳莫如深的禁区，但冯德英早在实践中探索了它们的文学审美意义。当他把两者置于战争的背景下，一切都变得顺理成章：战争的残酷性决定了暴力的存在意义，而性，当人的生命时时处于毁灭的阴影之下，就特别渴望着它能迸发热力与激情，就如同夏季的黄昏，一群群瞬息即逝的小飞虫在营营地交配、繁殖一样，这一刻是在生与死的撞击中延续着生命的种子，"花开了花落了"的过程是最美丽最激动人心的。性的纯粹形式唯有在短促的生命中才会因恐惧而获得存在，从而洗去了蒙在其外表的一切世俗的虚伪外衣和功利主义垢痕。因此，也唯有在这个背景下，莫言小说中写得稍稍有些过分的暴力与性的场面才具有净化的质地，才显得那么自然而不污卑。战争是生命的毁灭也是生命的赞歌。相比之下，那些把战争写得像客厅里下棋那样干干净净的作品，我以为，恰恰是忽略了战争的美学意义。

也许您不一定同意我的分析，您会就此向我提出质问：如果莫言小说在故事的构思方面，以及对战争题材的审美探索方面都不是首创的，那为什么《红高粱》等作品的发表会引起这么大的轰动？为什么能够给人一种强烈的新鲜感？如果我偷懒，我就会用一种谁都推翻不了的结论来回答：因为冯德英生不逢时，而莫言恰好出现在当前有利于创作个性发展的时期。这是不会错的，挺符合历史唯物主义。但是我不，我情愿相信，莫言的成功不仅仅是一种客观上的机缘，莫言应该有他于文学史的独特贡献，而我们也只能以这种打上了个人印记的独特贡献为标准，才能衡量他在当代文学中的地位。

关于这一点，《玫瑰》表现得更为清楚些。这部作品叙述的故事和故事的叙述都比较简单——有时唯靠这种简单化的形态，才能够把我们引入一些深奥复杂的现象之中。故事本身没有什么大的新意，它只是重复了以前无数人写过的关于农民复仇的传说，语言也没有什么特别生动之处，而且不少地方都存在着明显的弱点。但它以简单朴素的形式暴露了一个奥秘：莫言小说创作的一种基本思维形态。与"红高粱家族"一样，这部作品所写的"食草家族"，都是历史上的一段遗迹。"红高粱家族"的活动背景限定在抗日战争，"食草家族"所处的时代却变得模模糊糊，《红蝗》以五十年一轮的蝗灾来推算，应是发生在抗战前夕，而《玫瑰》以小老舅舅的年龄推算，大约也应是那个时期。这两部作品中的"我"在小说中的身份是相同的。由于作品叙述的是历史故事，"我"同时兼了两个身份：故事的采访者（听众）兼小说的叙述者（作者）是一个与"食草家族"有着密切的血缘关系，此时又是接受了"外来文化"而返乡重新审视本土文化的"陌生人"。故事的中心是"我"，而不是玫瑰、小老舅舅、黄胡子与副官。这些故事中人物之间的纠葛，只是应和"我"患着重病，坐在太阳底下迷迷糊糊地做着一场又一场的白日梦。这就使这部作品的叙事视角成为一种二元对话：一面是我的依依稀稀的白日梦，一面是应和着梦的小老舅舅的唠唠叨叨的忆旧，而白日梦是作品的基点，从它出发，构成了对那段历史的一种特殊的解释。

我不能说小说中的几个梦境已经写得很完美了，但看得出作家是努力地把它写得像"梦"。梦的中心，都是一个女性（也就是故事中的玫瑰，尽管在故事里，这个人物很迟才露面），而且是很美的女性，作家正是通过美的梦境来与丑的现实作对照。进而论之，梦是现在时的梦，而它所囊括的内涵却是一种历史与现在的糅合，任何梦境都摆脱不了现在时的制约，仿佛是飞奔的马蹄总是踩在泥土里一样，以这种梦境为作品的叙述基点，由此获得了作品叙事的一种特殊的时态：没有纯粹的过去时，历史成为现在完成时的表述，它总是与"现在"紧紧地联系在一起。这不单单表现为作品在叙述历史故事时今人的插话，不时地把你的思绪拉回现实，更主要的是一种当代人的强烈情绪支配着、贯通着整个作品，使你感受到历史不再是一个曾经发生的故事的再现，而是今人眼中的一场梦，一些疑点百出、真假难辨、只剩下蛛丝马迹的记忆片断。"食草家族"究竟是什么东西？人和马的关系又是怎样？还有《红蝗》中的手脚生蹼的男女，独眼的锅匠与未出生的"我"一起战斗等等，都给你造成一种似是而非、扑朔迷离的感受。

这里，莫言与冯德英的差异就出现了。尽管冯德英在把握战争题材的审美转化上开风气之先，但冯德英所持的历史观，仍然是一元的进化观：历史即过去。他的作品只是告诉读者过去曾经有过那么几个人，发生过那么几件事。作者是隐身博士，隐而不见，方显得神通广大，无所不知。这种传统的叙事方式看上去是在客观地、如实地叙述历史故事，但由于它的全知全能和教育目的，无意间透露出历史的虚假性。如果你一旦认识到这一点，你就可能对这一切都不信任。说到底，历史出现在文学作品中，总是以今人的虚构形态出现的，而传统的叙事形式总是努力要使你相信，它是真实的、客观的。这种历史题材创作的内在矛盾性，现在已充分暴露出其不可救药的病状。文学的叙事形式不是孤立的，它总是与叙事性质结合为一体，最恰当地表现出后者。既然历史的不确定性是如此清晰地摆明在我们的面前，我们又何必去自我欺骗，相信或者使人相信你所叙述的故事是"真实"的呢？莫言把这种读者的心理带进了文学作品中，他笔下的"我"，部分地代表着读者，部分地代表着叙事者。"我"对历史的探究、恍惚、疑难、猜想，以及用笔表现出叙事者的那些似是而非的忆旧，再配之白日梦幻的叙述基点，使小说在形式审美上产生了一种新奇的魅力，你反倒会感觉到他笔下的"历史"更像历史。

莫言的历史题材创作，无不采用了这种二元对话的方式。他的每一部作品都不能少了这个"我"的角色（有时尽管不出场，但常常出现"我爷爷""我父亲"等口气，意义还是存在着）。少了这个"我"，莫言的魅力就短了一截。他唯借助这个"我"的思绪、梦幻、神游、插话，才使历史借着今人的回忆断断续续地显现出来。这是今人与历史的对话，让人们在今人的思绪中感受到历史的存在，同样也从历史的反思中意识到今人的存在。这种特殊的时态使莫言的小说形式发生了一系列的变化：首先，传统的时空观被打破了。莫言把传统的时空顺序割得支离破碎，使之失去了循渐的进化规则。如在《玫瑰》中，两条线索并列着："我"的白日梦与小老舅舅的叙述。梦是超时空的、虚幻的、破碎的，然而它时时揭示出历史故事的实质。这与其说是梦者受了故事的暗示，莫如说是梦者对历史真实的一种感悟和一种升华。小说中作者曾仿佛无意地透露："我"的母亲早已把"食草家族"的历史告诉了"我"，也就是说，梦者是早已知道了叙述者要讲的故事。他之所以想重新听一遍出自不同叙述者之口的重复故事，只是为了证实现代人对这段历史所产生的某种体验。"我"的不断插话，如反复地问叙述者是否想骑那匹红马等问题，都与提问者在梦幻中骑马的情绪相吻合。因此，如果我们不理解这一点，把叙述者与梦者看作做是互不相干的，或者梦者仅仅是叙述者的反馈，那就会觉得梦境部分不但是累赘，而且破坏了传统的小说叙述方法。反之，你把梦境当作小说的全部叙述基点（这在《红蝗》中也一样，否则就难以理解开头部分的神秘女郎的描写），把历史故事的叙述看作是梦境的注释，那就会觉得这种超时空的叙述方式正体现着一个现代人的历史观念与审美观念，你会感到它的亲切和情感的沟通。当然，莫言的梦境写得不够好，那只是技能问题，而不是他的思维缺陷。其次，二元对话的形式带来了厚今薄古的历史态度。在莫言的历史小说里，历史不再是作为神圣的牌位或祖训来指示现在，今人也无须对其诚惶诚恐，接受其传统教育。反之，由于有了"现在时"的存在，读者时时可以借助"我"的视角，与"我"一起站在今天时代的高度重新审视历史，分析历史，甚至嘲讽历史。无论是"红高粱家族"中的余占鳌、戴凤莲，还是"食草家族"中的四老爷、玫瑰，都被他们的孙子辈剥得赤条条地置放在解剖台上。在《红高粱》里，祖先们尚有一种英雄好汉的悲壮遗风，而在"食草家族"中，不堪的劣根性更加引人注目。莫言已经自觉地退出了把写历史题材看作是进行传统教育的教师地位，因而他也就卸去一肩重任，更加轻松潇洒，又略带一点调侃地反思和剖析历史题材，能够与现代读者取得融融的感情交流。

上面这些话是昨天晚上写下的，今天我们换一个题目，继续谈下去吧。

这回想谈谈作品中马的意象。有的研究者提示说，"ma—马—妈"同音，这种同音借喻得自荣格的《现代灵魂的自我拯救》一书的论述。其实，"马—妈"同音假借八成是莫言自己想出来的，荣格先生虽然对东方学说有兴趣，但还不至于内行到用中国语言来思维的程度。这两个名词在欧洲语言中是否属于同一词根，我不得而知，但荣格在该书中论及马的梦像时，意思很清楚，是把马暗示为一种潜在的性——生命体的征象。这种征象是中外相通的。马的腾越飞奔、昂首怒嘶的形象及其被人坐骑时对人某些器官产生的生理作用，都使人把它与潜心理中的性欲——生命体视同。这在去年上海人艺上演的谢弗名剧《马》中表现得最清楚不过，主人公骑马飞奔的象征，绝不是什么恋母情结，也不是把马视作某个女性，不是的，那个孩子是把马视作神和祖先（这里又涉及用遗传来暗示生命体的问题，就扯远了），是性的升华——生命的自我实现的象征。谢弗也好，荣格也好，对马的理解都不超出这个范畴。在中国古老哲学中，"马"的意象也是这样。《易》中有"牝马地类，行地无疆"的说法，《说卦传》称"乾为马"，马代表天，为阳性，阴性的马需特称"牝马"，"牝马虽属地类，但也能行程万里，与

致周介人（谈《玫瑰玫瑰香气扑鼻》） 57

乾天之牡马相配合，顺从之而运动"。①可见，马是指阳性的，故有"天马"之称。中国民间传说中"蚕马"的故事，也是将马作为男性的象征。我在《声色犬马》那篇文章中以这种观点分析过莫言的《三匹马》，在这里只想补充一点，我认为荣格在《现代灵魂的自我拯救》中论及母亲与马的梦像，其喻意甚明，母亲与马是同一象征的不同侧面，前者主阴性，后者主阳性，合体为生命形态的完整表象。如果因为同音而把马与恋母情绪联系起来，实质上是降低了马的象征含义，也降低了小说的品格。

应该说明一下，我这么解释马的象征意义，并不排除在这部作品中莫言借助同音将马与恋母情结相联系的潜在意图。作品中确实多处流露出这种意图。但是，这并不证明莫言的机智，正相反，表现了莫言创作心理上不健康的粗鄙习性。在雅文化与俗文化的对立中，我并不鄙视俗文化中许多有生命力的审美因素，但粗鄙不是美。在中国文化中，往往是反映了未经改造的封建农民文化的消极一面，而恰恰是这一点，由农民出身的当代青年作家的创作中，经常会不自觉地流露出来。

这种粗鄙习性在莫言创作中的另一表现，是语言的粗制滥造。王晓明精辟地分析过莫言语言在粗糙结构下的蓬勃生机，

---

① 徐志锐《周易大传新注》，齐鲁书社1986年，第23页。

这是对的，但必须有个限制，这些运用得有生气的语言，往往是与莫言作品中最好的意象浑然一体。如红萝卜的意象，红高粱的意象，三匹马的意象，等等，语言与语言的载体都是漂亮的。可是一旦作品中缺乏动人的意象，或者，仅仅是作者人为敷衍出来，而不是真正发自心灵深处的艺术想象，他的语言就马上变得粗糙而没有光彩。我这里主要是说这部《玫瑰》，它当然也有中心意象，但这种意象或许是为了敷衍作者的"马—妈"同音象征的意图，并没有与作家发自心灵深处的创作激情浑然一体，因此用语上的生硬别扭、矫揉造作之处俯拾可见，特别是大量四字一句的半成语的排比使用，有时真会使人产生误解：作家究竟是不是在翻着辞典写作？学生腔的做作态度与农民的粗鄙心理，可以说是莫言创作中最大的弊病。这一点，在《玫瑰》中同样表现得十分明显。

行了，又扯了一大通，也不知道能不能博得您的赞同。倘全无道理，尽管弃之可也。

陈思和

1987 年 10 月 8 日

初刊南京《钟山》1988 年第 1 期

原题为《历史与现实的二元对话》

致林燿德[①]（谈余华的先锋小说）

燿德兄：

　　大札拜读，获知你将在台湾《联合文学》上策划"世纪末文学"专辑。"世纪末文学"与文学的"世纪末意识"本不是一回事，自现在起到21世纪，不过是八九年时间，对这一个阶段中文学现象的考察，都可包含在世纪末的时间范畴之内。但文学的"世纪末意识"不尽然是时间概括，狭义地说，它是指19世纪末的一种新崛起的文学现象，是20世纪现代主义文学的先河之一。它并不限定在时间意义上的世纪末，不过是某类文学思潮的代名。承你厚意，还记得若干年前我与几个年轻朋友举行过一次关于这个话题的讨论，是围绕了当年王朔与余华的小

[①] 林燿德（1962—1996），台湾著名诗人。原文后面附有后记："这封信是1991年6月写的。台湾诗人林燿德来信，要我谈谈大陆文学的'世纪末'意识。海峡两岸对'世纪末'有不同的解释，我当时觉得无从谈起，只好言不及义地给他介绍了一些王朔和余华的创作。……现把论及王朔的部分删去，保留了对余华的介绍，虽属介绍性的文章，仍包含了我自己对余华前期小说的一些体会。须说明的是，信中说的只是我在去年的想法，今年年初读了余华新发表的长篇《呼喊与细雨》（后改名为《在细雨中呼喊》）后，有些想法改变了，以后找机会再谈。1992年再记。"

说展开的。[1]现时过境迁，再拾起它来总感到意兴阑珊。当时的情况是商品意识像八爪鱼似的渗透了都市文化生活的各个角落，严肃的文学艺术不得不在经济的重压与诱惑下，面临重新分化的危险，这也是社会转型时期必然会遇到的问题。但在今天，这样一些问题虽未能给以解决，可文化背景以及由此形成的社会文化心理都已发生改变，即便是王朔与余华的作品，也已不复当年的姿态（王朔最近发表的长篇《我是你爸爸》便是一个证明）。现在再来谈几年前的话题，渺茫得很。为了给你写这封信，我特意去翻了一下当年的讨论记录，竟生出恍若隔世之感，似乎可以现成套用马尔克斯在那部名著里用过的开场白：许多年以后，面对"世纪末"的话题，我慢慢地回忆起那久远的一个下午，我和几个朋友一起走进了一个聊天的场所……

究竟什么才是文学中的世纪末意识？是19世纪西方作家在倾听一种文明大厦解体的爆裂声时发出的恐怖惊呼？是一百年前西方人放弃了对人类终极目标的关怀以后纵于声色的刺激？是像奥斯卡·王尔德那样大声疾呼社会是丑恶的、唯艺术才有永恒的美？还是像尼采描绘的疯子提着灯满街叫喊"上帝死了"？用任何一种西方人的心灵颤栗来衡量中国当代文学，大概都不免会失望。即使惨祸劫难以后令人齿寒的反省，艺术家的神经也远未感

---

[1] 由我主持的《世纪末的对话》，收入《笔走龙蛇》，台北：业强出版社，1991年。

触到西方文学中"末日意识"的深度,那半是呻吟半是哭诉的伤痕文学、反思文学、控诉文学,以及1985年以后奇奇怪怪的现代主义的撒娇与高蹈构成的五光十色的文学图景中,唯独缺了对最后审判的预感——"天使拿着香炉,盛满了坛上的火。倒在地上,随有雷轰、大声、闪电、地震。拿着七枝号的七位天使,就预备要吹。"(《新约·启示录》8:5—6)但是我想指出,当时只有一个天才的心灵敏感地意识到这种恐怖,他属于冥想型的人物,用平淡的笔调未卜先知地为当代人书写了一篇篇讣文:《一九八六年》《河边的错误》《现实一种》……这个人的名字就叫余华。

但余华的声音太微弱,太含蓄。他的小说被人理解为精神病患者的呓语,虽感到意外却也新鲜,而且在一个宽容与大度蔚然成风的时代里,发现这种新鲜感的人往往自以为比新鲜感本身更显得重要,于是预感仅仅在历史的回顾中才显示其意义,而更深层的意蕴——人性的残忍、末日的恐怖、血的颤栗,都被忽略过去。这幅文学图景中的空缺,很快被另一种更为粗俗的颜料涂抹上,它或多或少地受到了世俗的鼓励,成为商品压榨下嫉世愤俗情绪变相的宣泄口。这就是王朔小说给我们的启示。所以若真想了解当代大陆文学的世纪末意识,那就不能不看看这两人在前几年的作品。虽然王朔与余华是那样的不同,但只有穿过面前一片黑色的世俗的坟场以后,才能去捕获那暗夜中虽然微弱，却弥足珍贵的萤火，从中去窥探那一片神奇光亮中蕴含的末日感。对王朔的小说，我过去谈过不少，它表现世纪末意识在下层市民中的粗俗投影，是以一种放纵肉身的形式来掩盖心灵上的绝望。而余华，却在为数不多的小说中精致地表现出末日感阴影下人所感到的恐惧与残忍。余华是个超验主义者，他的小说是非通俗的，不可能像王朔那样在知识分子与市民之间两头走红，但他的小说充满了先知式的预言和对人生不祥征兆的感悟。

余华生于1960年，他18岁那年，是"文革"的阴影开始退出中国大地、历史出现新的转机之时，但余华的心灵里已经经历了一场噩梦，前十年的可怕梦魇突然重重压碎了他尚且稚嫩的理性。他的小说正是从这时开始写起：《十八岁出门远行》的主人公刚刚过了18岁生日，"我就背起了那个漂亮的红背包，父亲在我脑后拍了一下，就像在马屁股上拍了一下。于是我欢快地冲出了家门……"这是18岁的"我"走上世界的第一步，可是等在他前头的是什么呢？是人类可耻的欺诈和暴行。整个过程就像发生在梦境里一样，允满了怪诞与不可思议。余华故意让读者不要相信这个故事的真实性，他竭力地略去细节真实，要读者从抽象意义上去领悟它，而不是把它当作一段人生的经验。欺诈与暴力，以后几乎成了余华小说的主题，欺诈包含各种各样的阴谋，暴力包含了各种各样的残忍，人性恶的两大构成在他的小说里被刻画得淋漓尽致。余华的小说在前几年的评论界引起过各种解释，据说在海外也出过他的书。不知海外的理论界如何评论？我想解读余华的小说应该注意到这一点，他是个非经验型的作家。他并非故意用歪曲手法来展示现实，而是真诚地如实地用语言表达出他的内心感觉。在他眼中，通常的现实世界可能是不真实的，欺诈和暴力也不是这个世界的本质，而是他对这个世界所感受的真实，正如《十八岁出门远行》中表达的那样。

这不能不使他对生命充满恐惧，对生命在人生中的展示充满恐惧。很难断定这种恐惧来自前十年的"文革"。许多在"文革"中备受酷刑的人事实上并没有像余华那样写出人类对酷刑和残忍的迷恋，我总怀疑余华是在个人的发现上感受到了人性恶无处不在的可怕性，一个人只有对自身感到恐惧才会进而对人类感到恐惧，才会显示出如此浓厚的无能为力状。《四月三日事件》可以说是《十八岁出门远行》的延伸，主人公也刚刚过了18岁，他清晰地意识到一个纯情的无知的"他"正在一步一步地离他而去，他开始对外部世界充满恐惧。有人说这是一部精神病患者的心理记录，小说重复了《狂人日记》式的主题和手法，但即使如此，余华对《狂人日记》的修正在于他不再像当年的启蒙主义者那样清晰地喊出"吃人"的控诉。"四月三日事件"是个莫须有的事件，连主人公自己也一直没有找到答案，他只是为自己的命运在担忧，为周围人构成的巨大阴谋而惊恐万状。

这种恐惧在《一九八六年》《河边的错误》和《现实一种》里，都寄寓在残忍本性的象征上。有的评论家因为余华用极其平淡的语调来叙述人性的残酷而迷惑不解，甚至以为他已经摆脱了恐惧。其实这种创作现象来源于大陆1987年后文学创作中的两种思潮的极致，一是自然主义思潮，我在《自然主义与生存意识》一文中曾详细分析过大陆新写实主义创作思潮与自然主义的关系，那种强调人的生存本能，用冷漠的态度去处理人物的性欲与生存方式，把写小说当作人物活体解剖科学实验的创作思潮，正是自然主义的复活；而余华的小说，是自然主义思潮的一个精致的表现。二是形式主义思潮，这是大陆前几年新潮小说的最主要特征。余华的小说一向具有强烈的形式感，为追求语言的纯净与形式的完美，他故意淡化内容的煽情色彩。这两种思潮的极致反映，使余华的小说既不同于新写实小说也不同于一般的新潮小说，形成一个独立的审美实体，它是通过叙事的形式感来表达对人及人性的恐惧。

余华对酷刑和残忍的描写没有丝毫的欣赏意味，只是用一种从容的节奏来正面叙述，没有夸张，没有渲染，更没有挑逗——这是他与莫言在小说中渲染残酷场面根本相区别的地方。余华仿佛窥探到了人的残酷本能，他无可奈何地描写它，似乎是为了真实地传达出先知式的预言：人的末日如何来临。《一九八六年》是他初次展览式地描写人间的各种酷刑，他打通了1966年与1986年两个时间的分隔，写一个迫害致疯者对中国古代酷刑的种种实施，并用感应的方法写出这残酷时代留在人们心中无法抹去的伤痕。这部作品还多少带有鲁迅式的警世意味，譬如写到一群市民麻木围观疯子的自戕。但在更深入的层面上，他指出了酷刑的本质是人的兽性遗传的奢侈品。疯子幻觉中对外人施以种种刑罚和在现实里对自己身体的残害，本质上并没有什么两样，小说中"文革"只是一个虚拟的背景，它的出现反而使小说带上许多理念的色彩，结构也显得呆板。《河边的错误》没有出现具体的时代背景，故事写一个疯子以残酷为游戏，而现世社会（包括法律）对这种人的本能冲动无能为力，最后只能以非法的谋杀来结束这场游戏。这个故事前半部分一直以推理的笔调叙述这个案子的侦破，直到警官开枪打死"疯子"，小说才出现了奇迹般的转机，执法者为了躲避法律的惩罚，又不得不装成疯子，这样小说又回到了故事的起点：疯子杀人是无罪并被视为正常的。但执法者既然用疯子的名义去杀疯子，那就失去了谋杀的正常理由。在这里法律变得无能为力而且荒唐，疯子的循环杀人成为人间社会的一个象征。《河边的错误》的精彩处还在于对疯子嗜杀本能的描写，它完全抽去了凶杀案的残酷性与功利性，甚至也不是从病理上去剖析疯子杀人的动机，凶杀成了游戏，是疯子在谋取快感时的一种本能的、艺术的冲动。在这里余华已经点出了残酷与兽性之间的关系。《现实一种》是余华的代表作之一，它最能表达余华关于残酷与生命的观念。这篇小说使故事背景完全虚拟化，酷刑与残杀的游戏态度不但成为支配当事者的行为快感，甚至也成为支配写作者的写作快感。小说写了一个轮回杀戮的故事，仅仅从这个结构里也可以显示出余华对人的残酷本能的非凡想象力。但它完全拒绝从道德层面上去探讨人类暴行的动机和原因，把医生肢解尸体与兄弟间残杀同置一个平面上加以展览，就像《河边的错误》把警官残杀疯子与疯子残杀居民同置一个平面一样。余华甚至摒弃了人道主义或者启蒙主义的悲天悯人，他描述人与人之间的残杀奇观，就像医生在写病人的病理报告。这是一种典型的自然主义态度，它使我又一次想起左拉的《人兽》（在《现实一种》的结尾处，死者睾丸的移植使他生命继续繁殖的奇想，也含有明显的自然主义特征）。正是这种对人性残忍的不动声色的揭示，使人们很快从煽情效应中清醒过来，恢复了理性的震惊：人既然堕落到这一步，还不大难临头么？余华愈是用无动于衷的笔调写出人的凶残，愈使人感到自身的不可救药。从《一九八六年》到《现实一种》，余华如同一个神秘主义预言家，一步比一步更抽象更本质地向人们指出——

你、们、在、劫、难、逃。

余华的末日意识不仅建筑在人的兽性本能上，还建筑于对冥冥之中命运的惧畏。《世事如烟》是余华继《现实一种》后的又一力作。这部作品也同样渲染了人的自戕，但更推出了人的行为背后的命运力量，整整一条街上的人几乎个个命若游丝，无论怎样挣扎和躲避，最终都难逃命运的伟力。小说中司机与灰衣女人的关系即是如此：算命先生嘱咐司机开车要避灰衣女人，司机偏在山道上遇到她，为避祸他故意压了那女人的灰衣，女人当晚不明不白地死去，司机偏又参加了灰衣女人的儿子的婚礼，有所感悟而自杀。那个灰衣女人究竟是不是真实的生命，小说没有交代，但人生处处是凶兆，只是时分不到人的经验感觉不出。余华相信命运对人的支配是存在的，就像他相信药片会自动从密封的瓶子里跳出来一样；世界的神秘仅在于人的经验的局限。如此而已。

作为一个批评家，我不想探讨作家余华的预言是否荒诞，我只关心他的预言发生时的心境是否真实，神秘主义与江湖骗术的差别只在这么一点上。余华小说作为一个整体笼罩着无以排遣的恐惧与忧虑，作者几乎完全回避了世俗流行的话题，只是用一双未卜先知的眼睛阴沉沉地打量着这个世界。从对残酷本性的挖掘到对宿命的探究，他所揭示的末日感完全不同于西方世纪末文学的狂热与绝望，而是充溢了东方智慧式的静穆内省。这或许在你看来，还不够世纪末的品格，但在这里，我只能举出余华来证明，当代中国大陆文坛上也曾有过你所想关心的话题，只是它以它自身的独特方式存在着。

"……一切都四散了／再也保不住中心／世界上到处弥漫着一片混乱／血色迷糊的潮流奔腾汹涌……"（袁可嘉译）叶芝的名诗《基督重临》典型地表达出世纪末意识在最初时期的魅力，这种魅力也一度影响了中国的"五四"新文学。当时的知识分子在传统文化的大崩坏中，或者大惊诧，或者大沉痛，或者大解放，或者大喜悦。由于失掉了传统的价值标准，知识分子一方面义无反顾地面对传统的废墟，一方面又不能不转向横向的西方与未来的中国。有一种知识分子凭依着热情和理想确信未来将比过去更优异，坚定地投身于未来的建设，以未来"应该怎样生活"的标准来改造现时社会，在中国文学史上，为人生、为人民、干预现实等现实战斗精神正反映了这种审美的理想；还有一种知识分子则相反，他们从以往的崩溃中看到了理想与热情的虚妄，他们凭真实的感觉来体验生活，但无法预测未来将会出现一个怎样的文化环境，他们看到过去的毁坏，并为此感到高兴，他们只是抓住现时的一切意义：个性的伸张，感官的享受，对人的各种物欲的追求，等等。在文学上表现出唯美主义，为艺术而艺术，抒写性灵，甚至歌颂肉欲，如郁达夫的小说，邵洵美、于赓虞的诗，周作人的小品等等，都属此类——这一类创作，或多或少都与19世纪的"世纪末"文化有点关联。从文学史的发展来看，新文学的现实战斗精神与世纪末倾向的颓废文学在一个时期内并行不悖，各行其是，它们在抛弃传统、批判社会现状这一点上是一致的。但是一旦涉及对未来的看法，它们的分歧就会变得对立，前一类作家不断热情地吹起一个又一个理想的五彩泡沫，后一类作家则颓伤地用感觉的针一个一个地把它们刺破。但这种消极行为有时也使人更为清醒，也是一个事实。

既然这种文学意识在"五四"新文学的发展中找得到源流，那么，它的再现就不会是偶然的。1990年代的批评家大可不必重蹈1920年代一些拉普派徒孙们早已被实践所证实了的错误。

瞧，你要我谈谈大陆文学史中的世纪末意识，我却啰里啰唆地给你说了一大通余华，还想从文学史上为他做辩护，也足见迂腐得可以，让你见笑了。即颂

编安

弟　思和
1991年6月
初刊长春《作家》1992年第5期
原题为《余华小说与世纪末意识——致友人书》

致李先锋[①]（读《九月寓言》）

先锋学兄：

今年沪上特别的热，为了躲开暑气，我先后去了庐山和北京。可是躲了炎热却躲不了你的盛情，就在两次旅行之间收到了你的第二次催稿。说实话，我那时还没有开始读《九月寓言》，只是听了几位爱好文学、眼光又比较挑剔的朋友对它的赞扬。这回是带了那一期《收获》登上北行列车，在穿越齐鲁、华北平原之际我第一次读完了它，窗外茫茫雾气，挟着清香扑鼻而来，似与内心中的茫然连成一片，我感到了茫然。

张炜终也不是写《古船》的张炜了。几年前我曾在一篇通信里谈过《古船》，它无疑是当代长篇小说中的杰作，但若以更高的境界苛评，我认为张炜写《古船》写得太用心思，似恨不得将几年来读书思考的结果都倾注到小说构思中去，大有"精锐倾尽"之感。《古船》对中国历史文化的钻研与总结是相当深刻的，但一部艺术作品立意太深刻太显露，使人在承受了沉重

[①] 李先锋，评论家，时为山东《文学评论家》主编。

的理性负荷以后，反倒无暇去体会那语词气韵的生动了……我记忆中突然冒出对《古船》的如许评价完全是有感而生，因为在《九月寓言》里，张炜脱胎换骨似的变了个样，他绘出了一幅别开生面的艺术风情：一样的写小村历史，一样的写封建意识对人性的压抑，甚至也一样的写农村的民不聊生，可是《九月寓言》让人有说不出的轻松与畅通感，再也没有了通常读长篇时伴有的心灵上不胜沉重之压力，再也没有了对历史与现状无以摆脱的殚精毕力之纠缠，只觉得遥远处传来一支无词的山歌，悦耳好听，却道不出所以然来。

在北京，我一直断断续续地翻阅着这部作品，努力从团团雾气中分辨出这个小村的轮廓。回到上海后，我再一次细细地读了，并与《古船》作了对照。这时候我才彻底认清了自己预设的阅读情绪的错误。若以传统经验论，长篇小说总以内容的厚重取胜，评论者旨在开掘小说通过形象说出了些什么。读《古船》即是很典型的一例。但在《九月寓言》里，一切意蕴尽在叙事话语之中，毋须再去寻找微言大义。"九月寓言"，只不过是讲一则则发生在九月田野里的故事，这里所谓的"寓言"，恐也不是通常百科全书中所解释的"以简单短小的形式讲一个有教诲意义的故事"，或可以反过来理解，它只是将繁复的世界和玄奥的意义还原为一个简单的形式，使其民间艺术化。再说得白些，是将通常被认为是真理的东西虚拟化了。这就是"寓言"的功效，至于它有没有教诲之意还在其次，至少在这部小说里是很微不足道的。

小村历史本身就是一则寓言。作者将叙述时间的起点置于十几年后的某一天，村姑肥与丈夫挺芳重返小村遗址，面对着一片燃烧的荒草和游荡的鼹鼠，面对着小村遗留下的废弃碾盘，（肥曾经在碾盘上第一次接受小村青年龙眼的强暴），肥成了小村故事的唯一见证，其他一切都消逝殆尽。第一章里，作家似采用了肥与挺芳的视角来回忆往事，但自第二章始，作家成为一个独立的叙事者，正式插入故事场景，由回忆带来的真实感逐渐为寓言的虚拟化所取代。小说的结尾处，作家不再回复到叙述的起点，而是结束于小村故事的终点：在一场地下煤矿塌方，也就是肥背叛小村祖训，与工区青年挺芳私奔的时刻，一个神话般的奇景突然出现：

无边的绿蔓呼呼燃烧起来，大地成了一片火海，一匹健壮的宝驹甩动鬃毛，声声嘶鸣，尥起长腿在火海里奔驰。它的毛色与大火的颜色一样，与早晨的太阳也一样。"天哩，一个……精灵！"

无法判断这个结尾的真相是什么，因为小村故事至此完全被寓言化了，由传说始，由寓言终，当事人的回忆在缠绵语句中变得又细腻又动听，仿佛是老年人说古，往昔今日未来成混沌一片，时间在其中失去了作用。

既然小村历史被浓缩成一则硕大的寓言，时间就不再起作用，人们不会去追究一则寓言的时间背景。这并不是说，小村故事缺乏时间概念，而是作家故意淡化了这一叙事的重要因素。我在列车上初读这部小说时，曾粗粗划过小村历史的时间表，尽管作家闪烁其词，毕竟从人物的绰号（如"红小兵"），或从个别村社活动（如"忆苦"），以及一些社会职业（如"赤脚医生"），大致可猜测其背景当在"文革"后期，即1970年代中叶，小说中有两个时间是比较明确的，一是作家的叙述时间起点，即肥与挺芳重返小村遗址，开始推出"十几年前"的回忆。另一个是肥回忆小村故事的叙事时间起点：那一年9月的一个晚上。"那一年"红小兵是60岁，他女儿赶鹨是19岁，村姑肥为逃避"赤脚医生"的纠缠，开始加入村里少男少女的游荡队伍，开始了每夜在田野里奔跑的游戏。假如我们以作家创作这部小说的时间为小说叙述时间的起点，即1980年代末叶。那么，由此推出的"十几年前"的叙事时间起点，当是1970年代前半叶，与小说提供的"赤脚医生""红小兵"等词语概念相吻，小说中的"那一年"（叙事时间起点）一旦确定，就可以推出一系列的故事时间：小村被发现地下矿，并开始受到工区"工人拣鸡儿"的侵扰，大约也是1970年代初或更早一些的时间；而庆余流浪到小村，被金祥接纳，并生下年九，应是1950年代末的事情；而庆余烙煎饼，金祥千里买鏊子（一种平底锅儿）的故事，似发生在1960年代初；而独眼义士与大脚肥肩这段长达三十年的恩怨，可以追溯到1940年代；而露筋和闪婆的野合则要更加早些，大约是1930年代初的时候，而小村历史的结束，地下煤矿塌方，龙眼压死，肥出逃的时间，也就是1970年代中叶。这个时间表相当有意思，它透露了小村的故事时间大致是1930年代到1970年代末，正与《古船》的故事时间重合。但是我们把洼狸镇历史与小村历史略作一比，就不难找出张炜在这部小说叙事中的新的尝试。

《古船》与《九月寓言》的根本差别是在历史与寓言的差异上。故事是由时间构成的，而时间又具体体现在历史事件的排列中，所以一部"史诗"性的长篇作品，不能不将故事发展印证历史事件，在印证中获得自身的存在。在这一点上，《古船》是典范之作。《古船》的人物命运、家族命运，以至洼狸镇的命运，无不一一与重大历史事件相合，曲折地反映了四十多年的中国政治的发展轨迹。张炜在小说中显示了非凡的把握中国社会历史的能力，并能融会贯通，但就小说而言，人物与情节毕竟成了历史的注脚。也许正因为小说被笼上了这个巨大的辔勒，才使他写得那么的沉重。而在《九月寓言》，其妙处奇处就在历史被隐没在云雾里，似有似无，人物与故事摆脱了历史事件的束缚而呈现出空前的自由。由于叙事中抽去了作为时间参照的历史事件背景，所以前面列出的故事时间表变得毫无意义。用小说中一句现成的话来说明，那就是"那时候的事情就像在眼前一样"。几十年前的事，十几年前的事，与叙事时间的现在时态，完全可以在同一叙事空间中展现。招之即来，挥之则去。这种自由的叙事时间甚至也不同于以往小说中所谓的意识流和时间倒错，譬如《布礼》和《蝴蝶》叙事时间自然也是颠三倒四的，但故事年代的先后依然很清楚，不过是交错着写而已，《九月寓言》则表明了作家不但在创作中没有一个清晰的时间意识（即现在、过去、未来之间的明确关系），而且在叙事过程中，有意地抹杀时间的差异。随手可以举一个现成的例子，第二章写庆余在草垛里遭金友强暴，让少白头龙眼无意中撞见。按书中提供的时间来看，大约为1950年代末的事情，而少白头龙眼直到1970年代还追求肥，并在碾盘上对她施暴的时候，才"十七八岁"。时间上显然为不可能。因而只能说这部小说叙事上采用了寓言的某些特征；不是时间倒错，而是走向无时间性。

我以为无时间性不仅仅是指一些在叙事上能够完全不依从其故事顺序的孤立事件，它还应包括一些故意摆脱了历史参照系的事件，诸如"寓言"中经常引用的"很久以前""从前""古时候"等等不确定的时间概念，或者尽管有"在春秋时代"，但其故事本身内容与这个时代特征游离开去，互不相关。

这一特征在《九月寓言》里表现得相当明显。如果我们根据前面所列的时间表去细细分析，不难看出，时代对故事依然投入了某种阴影，或者说，作家在写故事时也或多或少摄下了时代的痕迹。小说第六章"首领之家"，集中写村长赖牙一家的故事，本可以像《古船》中的四爷爷，成为某种统治者淫威的象征，再加之第五章写刘干挣觊觎赖牙的地位而发动"政变"，若放在1970年代初的中国政治社会背景下去理解，可以找出许多微言大义。但作家显然是有意回避了这类影射，他在赖牙与大脚肥肩的家庭生活中，插入了两个故事，一个是大脚肥肩虐待儿媳的惨剧，另一个是独眼义士三十年寻妻的缠绵佳话，这两个故事自然也着眼描写大脚肥肩的狠毒、刁辣、薄情以及可怕的心理变态，但更主要的作用是把一个本来含有政治历史内涵的家庭故事消解在民间传奇之中，甚至连刘干挣"起事"失败，屠宰手方起自裁的描写，也含有了几分民间喜谑的成分。我读到这些章节时，自然联想起前不久刚读过刘震云的《故乡天下黄花》，书中也多次写到了村政权的争斗，若对照两者不同的叙事方式，也许对《九月寓言》会有更清晰的理解。再者，小说第二章写庆余烙煎饼的故事，也暗示了1960年代初"自然灾害"在农村造成的可怕后果（不知你是否注意到，小说在"忆苦"一个场面里也隐约提到此事），但这个故事的现实主义悲剧很快又被金祥千里买鏊子的传奇所冲淡，后一个传奇可说是无

致李先锋（读《九月寓言》） 77

时间性的，插入其中的作用，只是淡化了故事本身的历史背景。从这里我们都能体会到，不是小说没有故事时间，而是作家采用了寓言的写法，一次又一次地在故事时间中插入无时间性的叙事，把故事从历史背景的阴影下扯拉开去，扯拉得远远的，于是小村历史游离开人们通常认为的中国历史轨迹，展示出无拘无束的自身魅力。

依传统的现实主义眼光，长篇小说的魅力在于深刻地展示了社会历史的某种本质，这已为以往文学史上大多数作品所证明。但人们很少注意与这一定论相关的另一问题，即对社会历史本质的共识，或者说，衡量艺术反映社会历史真实性与深刻性的某种尺度，都不能不受到国家意识形态的影响。前几年流行的寻根文学，正是为了摆脱这种巨大影响，而不得不借助神话和荒诞，企图以非现实形态来矫正、淡化以至摆脱这意识形态化了的现实主义。《九月寓言》的成功在于它以寓言的虚拟形态来取代非现实形态，从叙事意义上说它依然是现实主义的。由于摆脱了时间对故事的约束，也就是摆脱了作为时间物化的历史事件对故事的辔勒，因此它的魅力只能来自故事本身。我们不妨分析一下，构成《九月寓言》的故事系列，大致有三个部分：一是传说中的小村故事，一是现实中的小村故事，一是民间口头创作。第一部分带有浓厚的民间传奇色彩，如露筋与闪婆野合的故事，金祥千里买鏊子的故事等等，第三部分主要是通过人物之口转述出来的历史故事，明显经过了叙述者主观的夸张与变形，成为口头创作文本，诸如金祥忆苦，独眼义士三十年寻妻传奇等等。这两部分故事大都流传在小村人的口头传播之中，不可考实。若孤立地看，一个个故事是民间文学的典型材料，它们中有些故事与国家意识形态毫无关系，也有一些故事虽出于意识形态的需要（如忆苦），但已经经过了叙述者的艺术加工，使之民间化了。只有在第二部分即描写现实中的小村故事里，我们才能看到中国20世纪70年代农村的许多真相，但由于它是以寓言的形态出现，小村故事终于淡化了国家权威的痕迹，成为一个自在、完整的民间社会。

我觉得小说关于小村来历的传说很有意思：相传小村人的祖先是一种鱼，叫鲅，这是海里的一种毒鱼，谁都不敢去碰它。其实，"鲅"只是"停吧"之音的误传，小村的历史起源于流浪人，他们从四面八方逃难到平原上，感到了疲惫不堪，于是一迭声地喊：停吧、停吧，就这么安下小村来。所以小村社会形成于某种无政府状态，尽管经过了几代人的传宗接代，繁衍香火，小村人的文化心理上依然向往着无拘无束的田野流浪生活。且不说所有来自民间的传说都与流浪有关，即便在小村人的生活中，一种没有目的的奔跑意象，总是洋溢着青春蓬勃的生命力。然而一旦"奔跑"意象转化为"停吧"（鲅）的意象，便是善良渐退，邪恶滋生，兽欲开始取代人性力量，于是有了男人

致李先锋（读《九月寓言》） *79*

摧残婆娘，恶婆虐杀媳妇，也有了男人间的自相残害。小村的历史就是一个寓言，有人性与兽性的搏斗，有善良与邪恶的冲突，也有保守与愚昧对人的生存进程的阻碍，一切冲突都可归结为"奔跑"与"停吧"的意象。小村最终在工业开发的炮声中崩溃、瓦解、消失，正如一个人物叹息：世事变了，小村又一次面临绝境，又该像老一辈人那样开始一场迁徙了。"鲅"时代行将结束，小村人将在灾难中重归大地母亲，在流动中重新激起蓬勃的生命力。结尾时的宝驹腾飞，或可以说是小村寓言的最高意象。

在《九月寓言》里，小村的社会并不是一个正常的国家权威统治下的社会形态，尽管它也留下一些时代的痕迹。假如我们用分析正常国家制度下的社会形态的方法去分析小村，就会觉得这样做太无趣了。小村故事反映了一个典型的民间社会形态，它的文化始终处于主流文化之外，这就是当地人把"工人阶级"称作"工人拣鸡儿"的文化心理。小村并不是一个通常所说的"封闭"社会，但它是一个自在自为的社会，它的文化形态是由主流文化之外的民间文化、传统以及口头创作所构成的。除了1960年代自然灾害给它带来过一些影响外，国家几十年来的政策与它的存在并没有多少直接干系。对这样一种处于国家权威之外的社会生活范畴，我想借用一个现成概念，或可叫作中国式的民间社会。

我所谓的民间社会，仅仅是指在国家权威之外的一种社会形态，它具有一种一般国家权威控制之外的自由的生活形态。这种自由意味着它在文化上不受主流文化，尤其不受国家意识形态的控制。在中国广袤的大地上，成群的少男少女在星光下奔跑，他们欢腾、喧闹、寻欢作乐，无拘无束，这也是一种文化，是属于年轻人的文化，任何道德伦理都束缚不了他们。我想，小村拥有的民间社会的自由感，正是来源于这样一种文化。面对这样一种自由自在、不受任何权威束缚的文化形态，作家的心态会不自由无碍吗？作家的情绪会不热情奔放吗？请问一下张炜吧，我想他创作小村故事时心情一定要比写洼狸镇故事轻松得多，欢欣得多。小说的叙事语言洋溢着强烈的抒情性，许多片段细细念了，就好像是在念一首首悦耳的诗歌。我甚至想说，《九月寓言》同样称得上是史诗，不过与传统的"史诗"不同，它唱出了一首瑰丽无比的土地的歌、民间的歌。

我前些天为《文汇报》写了一篇论述新历史小说的短文，我发现这一类历史小说的成功秘密，也在于作家们开拓了民间社会的新领域。由于作家所写的是国家意识形态所不及的社会领域，无论是来自民间的文化，还是作家们进入这一领域的创作心态，都有一股强烈的自由感扑面而来，读莫言的《红高粱演义》，读苏童的《米》，甚至读王朔关于黑道社会的小说，我们不正是从这里获得了一种前所未有的满足感么？张炜的《九月寓言》又一次为我们提供了关于民间社会的经典性作品。我想，这个题目将会越来越引起创作界与理论界的注意。

关于《九月寓言》的感受还有不少，一时也写不完，你催稿时间又急，容不了我仔细消化，只能先写出一些主要的想法，以后再作进一步探讨吧。即颂

夏安

陈思和

1992年8月20日于上海新亚公寓

原载济南《文学评论家》1992年第6期

原题为《还原民间——关于〈九月寓言〉的叙事与意蕴》

致赵本夫[①]（谈《涸辙》）

本夫兄：

　　来信及书均已收到。本早想复信，只因听说你近期将发表一个新的中篇，所以等待了一些日子。这段时期里，我先后读了你的两个长篇《刀客和女人》及《混沌世界》，直到昨天在《钟山》上一口气读完你的新作《涸辙》。

　　读了《涸辙》以后，我更加坚定了先前读长篇时的想法。我觉得，你的创作正处于一个艰难的蜕变时期，你正在不自觉地抛弃你初期创作的最大优势和特长：用戏谑的态度再现农村日常琐事，以及精巧的短篇小说结构和略带一点狡黠的语言风格。这些特点给你的短篇创作带来荣誉，由《卖驴》《"狐仙"择偶记》始，到《绝药》已经达到了相当高的程度，本来你顺着此路悠悠写下去会轻而易举地获得成功，会使注视你的读者与批评家们驾轻就熟地进入你的艺术世界，从你笔下的戏谑性人物的身上激发起对当代生活的新鲜感受。然而你不，你用自

[①] 赵本夫，当代作家。

己新的艺术实践粉碎了这一既成世界。当然，这只是一个精微而又多少嫌狭小的世界，你需要有更广阔、更浩大的境界来充实自己，丰富自己。你是黄河故道的儿子。

于是就有了名重一时的《绝唱》。我至今还认为，这是你最成功的短篇小说，也是近两年来可数的短篇佳作之一。这篇小说既发挥了你以往短篇创作特长——结构的精巧圆熟，又注入了浑然大器的意境——浓郁的文化意识。你依然用了幽默的笔调，却写出一个悲壮的故事，情绪不喜不忧，淡浓相宜。我当时读了，压不住内心冲动便写下那篇《换一种眼光看人世》的评论，已把这篇作品分析过了，现在自然不必重复。可是在两年之后的今天，我提到这个作品时仍然心中充满着喜悦之情。由此我甚至片面地认为，你的才华擅长写短篇小说。尽管你以后写了许多中篇，又写了两个长篇，但是就艺术内涵与形式的和谐程度说，仍然数《绝唱》最好。望你珍惜。

这当然不是说你不该写中长篇，恰相反，《绝唱》已经预示了你创作道路的变化。一个在种种天灾人祸的锤炼中倔强成长起来的黄河故道人，一个胸中天地浑然成一的艺术家，是无法将奔腾浩瀚的激情构思在狭小精巧的艺术天地中的。你必须突破自我，哪怕在突破以后一时达不到新的高度也在所不惜。从你新近创作的几个长篇、中篇来看，新的高度也许离你还有一段不小的距离，但是你毕竟冲出去，飞腾起来了，你的《涸澈》即是一个证明。

我到过徐州，凭吊过如今到处躺着死猫死狗的范增墓，也瞻仰过那荒凉的子房山。相传楚汉相争，张子房正是在这山上吹一管铜箫，风传箫声，瓦解了项羽麾下的八千子弟兵。传说是美丽的，然而我举目那一马平川的古战场，遥想这块历来为兵家必争的土地上演化的种种故事，耳边岂止风声箫声，简直是一片啾啾鬼哭声，阴霾沉沉的土地，被血渗黑了的土地。也许古战场上死的人太多，生命的去存才不觉得怎么珍贵，犷悍的民风由此而生。闻当年乾隆帝下江南，给徐州留下了恶劣的八字评语：穷山恶水，泼妇刁民。其实这后一句出自封建帝王之口，倒不算怎么辱没了徐州人民。妇女谓之"泼"，当然包含了凶悍之意，也正说明封建道德文化对此地人民的控制比较薄弱，人民的自然本性表现甚强；民谓之"刁"，我想也应作如是解。连生死观念都不甚重视，还有什么伦理道德能够约束他们？徐州，一是鲁苏豫皖交错之处，二是天灾人祸集中之地，居民的流动性大，文化的杂交面广，这一切都促使这块土地上"准文化"的发展：民间俗文化影响大于正统文化。粗犷、通俗、悍蛮的艺术风气也较之高雅清音更容易得以发展。在这种文化背景下读你的作品，才能真正地把握你艺术创作的关键所在。

你的两部长篇，都是这种"准文化"熏陶下的产物。这使你笔下有些江湖人物写得特别好，譬如像《混沌世界》中"黄毛兽"和他的鸟的故事。《刀客和女人》中也有一些精彩的片段,如劫法场,还有黑虎刀斩杏子的四个手指一节,颇有"水浒"味。但总的读来,犹感不足,你还是偏重于写出人物的复杂经历,没能写出人物的复杂性格。对于黑虎这个人物,你施以过多的温情,这不是表现在小说的后半部给了他一个比较温暖的结局,而是表现在你仅仅把黑虎写成一个逼上梁山的好百姓,没有写出一个赫赫有名的大土匪的复杂个性。你把坏事全推在刘、吕两匪身上,而黑虎却变得白璧无瑕,这等于是写李逵只写他的讲义气,没有写他在战场上嗜血成性的怪恶性格。如果是这样,李逵也不会成为千百年来为人们所敬所爱的好汉。——我看这多半是正统的雅文化对你所施的潜移默化的影响。

"准文化"来自真正的民间,它是民族历史上的非正统文化,所含的文化内涵与审美观念,都具有民间粗俗,因之也更有生活原始形态的色彩。民俗民风,郑卫之音,桑濮之声,通常是它的生命力最为强烈的表现。由于它并非与正统文化截然对立,而往往是在正统文化制约力较薄弱的环节小心翼翼地构筑着符合自身道德观念与审美观念的文化体系,所以一般很难被人们从独立的意义上给以重视。但它对于一些来自民间的文学作品——诸如《水浒传》等,产生的影响是极为重大的。这一点,你是一定注意到了,并且正在努力地从中汲取创作营养。

你的《涸澈》较之两个长篇更得那块土地之精气,也就是说,你更为自觉地注意到了你脚下那块土地所产生的非正统的文化精神，并把它贯注到小说之中。它表现为：一、在这个中篇里，你强调了黄河故道人民在求得种族生存的斗争中轻视个体生死的牺牲精神，将主拼杀毁坏的阳刚之风同主繁衍创造的阴性象征结合起来。笔下的"鱼王"，是女性，是母亲和妻子的象征，这从独臂汉子走在鱼王身上时产生的感觉中可以体会出来。它主繁衍与生存，是任何一种民族文化的最根本的精神。有了这种精神作支柱，你写鱼王庄人们所遭受的各种各样的死亡，都有了积极的依托，而不像《刀客和女人》，虽也写了许多人的死，却显得零散，缺乏一种内在精神的凝聚力。二、你写出人们在天灾人祸中对正统道德观念的虚无态度，而且强调了人在这种虚无态度背后的自然本性的力量——生存本能与延续本能，并在这个基础上构筑起下层人民的新的伦理道德观念。俗语说，衣食足而知荣辱。然而这种荣辱观正是对正统文化而言的，对于衣食不周连生存都面临威胁的下层人民来说，儒家文化的道德标准远不及维护生命的本能重要。但他们的生存至上观念并非是指个体的生存，他们求的是群体的生存，种族的延续——为了达到这个目的，他们可以牺牲生命，也可以忍辱求生。鱼王庙里女人借种求子；老扁把老婆送给日本人糟蹋，把乡妇献给社干部泄欲，以求保住村中的林木；以及讨饭姑娘怀孕而归；等等，都可以看作是同一种意义上的求生保种的奋斗。至于老扁领导乡人一次次以空前坚忍的精神植树防沙，那已经是将这种精神升华到人类为保护自己而主动向天灾人祸抗争——谁说这里没有荣辱感，没有道德观呢？这是一种准文化世界里的伦理道德体系。这种下层人民的道德观念被你写深了，也写活了。

推而论之，求生保种的精神不仅仅是鱼王庄，也不仅仅是你脚下那块土地上的文化精神，它凝聚了中国人民一个多世纪来的艰苦卓绝的斗争精神。它与正统的儒家礼义文化处于尖锐的对立之中，这就是为什么近代史上中国人民的一场场革命总是伴随着对儒家传统文化的反叛与否定。你在《涸澈》中，以历史唯物主义的态度写出了这种准文化的道德魅力——尽管它是充满着耻辱与痛苦的，但它具有强旺的生命力。再进一步说，中国人民在种种斗争中所付出的惨重牺牲，不也正是为了求得一个新的生存方法，为了保住中华民族在世界中延续生命的新位置吗？从这个意义上看，《涸澈》超出了地域性文化的局限，创造了一个民族的悲剧故事。它可以说是一个寓言，一个民族文化变裂期的痛苦与牺牲的缩影。

为了使这个寓言产生现实的力量，你在小说结构上也颇具匠心。它由两个故事系统相筑而成：一个是鱼王的传说，它自成系统，自有时间顺序，但是它在小说中被拆成数段，被当作每一章的引子。这种形式使它成为一种超时间意义的象征体，笼罩全书。在这个寓言故事的笼罩下，小说的另一个故事系统也有了抽象的意义，那是一个现实的故事，它有具体的时间顺序（虽然你在叙述时把它打乱了），在描写鱼王庄几代人为求生而挣扎与搏斗中，表现了天灾人祸下的人民生活史和命运史。这里耸立着四代人，每一代人都有自己的生存方式，同时又深深地烙上了时代的印记。日升的求生道路带有深刻的孤独性，他凭一己的武力，死守着忠义的道德准则，这是中国农民的一个传统缩影，在他身上还体现了相当浓重的正统文化道德的影响。老扁则不然，他经历了反对日本侵略者、国民党政府以及在1949年以后的极"左"路线，他相信民众的力量，终身为改造自然、保卫种族而奋斗。他一生没有离开过鱼王庄，农民的固执与毅力使他成为这个村庄的主心骨，然而最后他飘然出走了，这本身是值得人们沉思的。"土改"是解放以后出生的一代，也可以说是我们的同辈人，他作为老扁的接班人，显然有高于父辈的经历和才干：他有着更高适应性的生活能力，能够带领乡人走南闯北，凭手艺凭技术挣得钱财，并在精神上也重新表现出作为一个人的尊严。有意思的是，你还写出了第四代——小乞儿螃蟹的朦胧性爱与不成熟的求生方式。他完全没有经过上几辈人的理想教育与人格锤炼，他在灾难中出生，在灾难中成长，他不习惯于集体的劳动，宁可去乞求，去偷盗，在精神上他持新的虚无态度，在人生行为中又仿佛回到了老日升时代的个人主义的孤独状——然而他完全丧失了日升一代维护忠义的道德原则，倒似乎成了"垮掉的一代"的代表。我觉得你将这个小孩写得很好,为人们在灾难中发展与延续种族的多向性提供了值得探讨的复杂现象。

《涸澈》证明了你在创作上的进步,它能够比较完整地体现出黄河故道地区的准文化对你的影响。民间的犷悍之风,反传统道德的叛逆精神,以及叙事形式的通俗性,都可以是一个作家诞生的温床。在这方面,你是得天独厚的。自然,《涸澈》仍然是你蜕变时期的产物,其艺术上不尚雕琢是可贵的,但风格的粗犷浑朴不等于艺术上的粗率,凡大器之物,不拘泥枝节的雕琢,但创造者在其总体创造过程中仍然需要精雕细琢,而且是更高要求的雕琢,这也许就是你自己所追求的"混沌"境界。《涸澈》所失,仍在叙事过程过于匆忙,情节过密,阻碍了空灵之气贯通全境,望兄慎之。

本夫兄,读了《涸澈》,我更加希望,你能在不久之际,从艰难的蜕变中突围而出,亮出你真正的"扛鼎"之作。我期待着。即颂

安好

陈思和

1988 年 1 月

初刊济南《文学评论家》1989 年第 1 期

原题为《蜕变期的印痕——致赵本夫》

致尤凤伟[①]（谈《生命通道》《五月乡战》《生存》）

凤伟先生：

在异国拜读你的来信和大作《生存》的打印稿，格外高兴。我现在住在一个教会的会馆里，周围非常安静，白天少有人声，连树上传来的老鸦啼声，听了也会感到亲切异常。但这么安静的环境对一个长年生活在上海的人是难以想象的。我每天上午念几句日语，下午去大学图书馆查阅资料，晚上就在宿舍里读书写作，完全不用担心电话和门铃的打扰。有一天下午，我独坐窗前，望着窗外的阳光一点一点地移动，似能听见时间在身边慢慢流逝的声音。也许平时人生匆匆，时间多被分割在日常生活桩桩件件的琐事中，对时间本身的感觉反倒漠然。在那段时间里，我常常问自己：假如时间从世界运动过程中抽象出来，不再用诸如"先秦""民国""抗日战争""文化大革命"一类的历史概念来注释时间，也不再用"中国""日本"等空间概念来限制时间，那么，时间将无任何内容，就像现在，个体生命独

[①] 尤凤伟（1943—2021），当代作家。

自拥有时间，时间也只有通过个体生命来见证。此时此地，我们会感受到什么？时间在慢慢地流逝，生命也在慢慢地消失，两者融化为一，似乎唯用生命来见证的时间才是纯粹的时间，反之，也只有时间所证明的生命，才是真正的生命。客观世界沸沸扬扬，对它都没有意义。

我生出这样的想法，似乎有点悲观。生命一旦随着时间而流逝，再要窥其真实，实在是一件困难的事情。正像人间社会对远在天上的月亮，纵有千种猜想万种解释，想嫦娥因为不忠变成蛤蟆也好，想狄安娜与几个大神多角风流也好，都是打上了人间社会的观念，于清旷的月亮毫无关系，它还是默默地升沉于空中，有它自己的真实。生命也是这样，历史一般所记载的，是民族生命的过程，是世界运动的过程，虽然这一切都离不开个体的生命运动，但在历史的宏大叙事中，个性生命真实实在算不了什么。一场战役过后，将帅们的回忆里只有事件过程，军事家的评论里只有科学分析，而一个个活生生被毁灭的生命，则永远化为乌有，唯天荒地久的时间守护着他们。我想，也许正是个体生命在这个世界里太被轻蔑，人类才会珍视文学艺术这一于生存温饱百无一用的方法，让它来为个体生命的存在鸣冤叫屈，呼魂唤魄。伟大的艺术家有能力用虚构的方式来窥探重重时间帷幕后的真实奥妙，并把它再现出来，使之不朽。如托尔斯泰，赖有他才使躺在战场上迷乱地望着蓝天做白日梦的安德烈公爵的生命复活起来。我们不必问这种"复活"的真实性是否可靠，只求它能让我们读之深受感动，心灵为之震撼。生命的真实，只有生命本身才能证明。历史在这方面特别无能为力。

正因为上述的心理，我在东京的最初日子里，常常想起你创作的中篇小说《生命通道》，早先读它的时候，就曾朦胧地感到它包含一些很重要的探索。在近期的思想中，这些感受又一点一点地清晰起来，特别是在东京读了你的"三部曲"的第二部《五月乡战》和第三部《生存》以后，这些想法更为明确了。这三部中篇小说，虽然内容并不相关，但如福克纳的小说那样，有一种地域性的文化精神贯穿在传奇故事之间，我所说的传奇性，是指它的民间色彩故意破坏了历史的宏大叙事结构，使历史故事落实到个体生命的奥妙窥探上。这还不止，我在读你过去创作的"石门"系列时，只是被它的传奇性所吸引，而在这组"三部曲"里，传奇故事背后处处是对人性、生命、良知等一系列新命题的形上思考，强烈的个人性取代了历史题材的雷同。

我不知道你是否介意我把这组小说称为存在主义意味的作品？现在世道清明一些，大概套用一个外国哲学名词不至于被罗织罪名。我用这个词只是想借用一个观念，即萨特提出的"存在先于本质"。说到底，人的本质究竟有无，谁也无法明了。"文化大革命"中权力者为了强调阶级斗争万能，先验地把人分成各种血统，使一部分人有权力把另一部分人踏在脚底下作践，结果连作践人的那部分所谓"天兵天将"也统统变成了嗜血成性的人兽。我对存在主义哲学并没有多少了解，但在1970年代末思想解放运动中，"存在先于本质"的观点我是接受的，因为它对于我们清除头脑里的污浊观念，确实是起到了振聋发聩的效应。我从此不再相信什么"本质"之类的鬼话，英雄与魔鬼，伟人与凡人，本来都是具体环境下的产物，并没有一成不变的本质来决定他们一生的意义，人只有通过实践不断自我选择，来创造和更新自己的品质。更深入一步说，英雄、魔鬼这些观念本身，也含有历史的相对性，并不能真正说明历史漩涡中个体生命的价值。前些日子读王观泉的学术随笔集《人，在历史漩涡中》一书，知道了许多本来不该知道的事情，譬如那个在冯雪峰捉刀、鲁迅署名的《答托洛茨基派的信》中被骂得狗血喷头的托派陈其昌，却是惨死在日寇的刺刀下，你说他是烈士还是汉奸？现在的我辈，自然无法猜测陈其昌面对敌人刺刀时的真实感受，但他一定是严肃地面对过自己赤裸裸的生命真实，一切历史的是非评说都成了外在的、虚伪的东西变得无关紧要，人的个体的生命只有它的拥有者才明白。生命的真实意义，在于个人的行动，而指导这行动的唯自己良知而已。你在《生命通道》里写那个日本军官北野一再要中国医生苏原进行非此即彼的选择：是留在日本军队里当军医？还是遭受非人的侮辱而死？这是典型的战争二元对立观念，也是我们过去在历史教科书里学到的观念。从表面上看，你笔下的人物都面对这样的选择：《生命通道》中苏原面对的是当不当汉奸的选择，《五月乡战》中高金豹面对个人复仇与民族复仇的选择，《生存》中赵武面对执行命令杀死俘虏还是违抗命令挽救村人的选择。每个人都必须在二元对立的原则框架中作出选择，但是人物的最终行动，都打破了这非此即彼的对立模式，让生命按着自己的方式自由游走。你让小说人物摆脱了历史教科书的束缚，这就突出了个体生命的自由和价值。

这三篇小说里，《生命通道》最尖锐。我指的尖锐，就是苏原医生身临绝境后所突出的良知的力量。我们很难用历史概念来评价苏原，他究竟是汉奸？是地下特工？是爱国分子？似乎全不适用，在他的行为里，做不做汉奸的选择已经由历史环境所决定，但是在身临绝境的情况下，他依然选择了一个有良知者应该做的工作，那就是近于神话的"生命通道"工程。反战的日本人高田医生以军医为名，暗地里实验一种把被枪毙的中国人救活的奇迹。由于这完全是个人性的实验，不受任何党派和政治力量的指使，也不为历史所证明，驱使他这样做的只有良知，而苏原医生原先一心摆脱身陷其中的汉奸处境，以保持历史的名节，遇到高田医生以后，他的生命开始真正属于自己了，于是投入到不为任何人所知的"生命通道"工程。我想

"生命通道"有其象征意义，就苏原个人的选择而言，这也是他的生命的真正"通道"，生命在平常时，往往由着历史的支配而生意义，在绝境时，历史已不再起作用，这时候个人的良知才真正地发挥作用，苏原的选择，决定了他的存在价值，尽管抗日组织并不了解这一点，甚至他的亲人也不了解这一点，知之罪之，惟良知而已。但我认为，这才是真正意义上的存在主义。小说最后通过《地方志》提供了一个荒谬的结论，表达了存在主义对世界荒谬性的看法。

个体生命的反历史性，正是在与历史的整体性概念对抗中形成的。在专制社会里，作为专制一边的权威者与奴隶自然不必去说，即使站在反专制一边的立场，仍然是历史范畴里的选择，这范畴中，良知虽然也起着作用，选择也可以由着自己设计，但其选择的对象，仍然由着历史价值观念来决定。如苏原面对的做不做汉奸的问题，民族大义与个人生命的取舍，烈士与汉奸的选择，虽然简单，有时却也免不了来自强制性的压力，尤其当国家、民族这些概念被统治者窃夺的时候（如封建社会里忠君与爱国的合一，近代社会里国家与统治国家的政党领袖合一），历史价值观念往往会成为一种压制个体生命的霸权。记得鲁迅在抗战前就告诫宣传抗日的作家，不要为了宣传不做异族的奴隶，倒让人感到不如做本国人的奴隶好。个人选择从容赴死也是自己的事情，但若是为了担一个民族大义而去死，在现代人看来未必是重如泰山。所以，真正出于良知的选择，往往发生在历史已经无能为力的时候，正如苏原，落在日军掌心中，除了一死别无选择的时候，他才在自己良知的驱使下从容走进真正属于自己的生命通道。请不要把苏原与高田的"生命通道"仅仅看作是无可奈何的下策，它应是生命投诸绝壁而后迸发出来的火花，是出于良知与个体意义的生命之光，正因为这样，我在读到高田医生的长篇独白时，感受到一种华美高贵的精神力量，如诗如歌。

你笔下的苏原这一形象具有较大的涵盖性，由这个人，我联想到中国著名作家郁达夫，去年为纪念抗战胜利五十周年，有几家电视台都拍摄了关于郁达夫之死的电视剧，我看了很感到失望，编导们都按历史观念努力把郁达夫拔高成抗日英雄，偏偏忽略其作为一个荒谬时代的个人主义者的悲剧，演起来怎么也不像郁达夫其人，不说传神，连历史真实也没有达到。现在我听说《生命通道》也将改编成电影，我想这个特点是一定应该注意的。

苏原默默地死去，带走了他的生命的全部真实，然而苏原的选择及其作为留给后人的启示，却是复杂的。作为一名知识分子，他深知个人主义的意义所在，并且具备了以个人的良知来抗衡历史权力的可能性。但这种抗衡在一个历史话语权力无处不在发挥作用的国度里，其命运真是如履薄冰，一不小心就会失足深渊，沦入万劫不复之地。远的不说，周作人就是其中一个著名的例子。个人主义只是一种立场，并不具有道德上的价值取向，也没有形成文化传统，持这种立场的知识分子，总不免处于尴尬的境地。我想你对苏原的悲剧也是有切肤之痛的，所以在后两部中篇里，你转移了目标，把视线从知识分子转向农民，也就是说，从知识分子的个人主义立场转向了民间立场，从民间价值取向来解释人们如何脱离历史观念的选择及其行为。

《五月乡战》和《生存》都是以抗日的民间为背景，属"新历史小说"。我过去在分析新历史小说时认为，以民间性来取代历史教科书的"党史标准"是其创作特点之一。当然所谓"民间性"并非是衡量这类创作优秀与否的标准，只是标志了一种"新"的素质。在20世纪五六十年代的革命历史小说中，因为历史教科书所规定的宏大叙事结构占绝对的统治地位，创作个性几乎被全盘扼杀，那时的作家们，自觉或不自觉地将立场移向民间，利用民间文化形态的生动精神来弥补历史概念图解所造成的艺术缺席。1980年代以后，民间性逐渐成为新历史小说创作的主体，《红高粱》系列首难，将历史的宏大叙事改造为土匪与风尘女子之间的一段恩恩怨怨、生生死死的好故事。远到民族大义，近到个体生命，都充满了民间的沛然元气。我有时很惊奇山东这块土地，它不像有些地区那样拥有异域情调或奇特风俗，却有深厚的文化精神被泽其间，茫茫大地上充满了强悍之气。在山东作家创作的优秀作品里，民间性不是民俗展览，而是如我的年轻朋友郜元宝所说的，是"大地的哲学"。我在你的"三部曲"中又一次感受到这种来自民间的元气，是如何弥漫你的文学传奇世界。

这两部中篇里，民间性都是作为历史观念的对立面存在的，民族战争与家族、个人的生存命运尖锐地冲突着，这与《生命通道》里以个人主义的良知来对抗历史相比，又显得别有一番风景。《五月乡战》传奇故事里，还残留着"石门"系列的遗风，尤其是高金豹由家族复仇到抗日捐躯的转变，其人的精神一直处于疯狂迷乱状态，无法突出良知与个体生命的价值所在，但这部小说令我感兴趣的是叙事结构：一面是县政府指挥保卫麦收与日军展开正面交战，另一面是高金豹与父亲不共戴天而发动家族复仇战，两种战役奇异地对应着，由平行而交错，进而合一，当小说写到李县长的抗日军队被围，派人向高凤山告急求援，正是千钧一发之际，而另一边却在悠悠地组合队伍迎高金豹的生祠灵牌，这不能不让人感到荒谬，但荒谬之后，又不能不让人思考：这种荒谬来自一场侵略战争呢，还是悠然自在的民间社会？中国民间本来拥有自在性，它有自己的世界和故事，是一场外来的战争打乱了民间世界的自在性，把它兜底掀翻，推上了国防战争的前线，让它承担了不该承受的牺牲。高凤山毁家卖田组织抗日救国军，却无力从歹人手里赎出儿子；

高金豹被歹人阉割后，悲愤于生命无望而攻打高家祠堂，终于在绝望中为抗日捐躯。高金豹成就为烈士，与苏原成就为汉奸一样，历史与个体生命的双向轨迹偶然地交错在一起，但苏原走向"生命通道"是良知对个体生命产生了作用；而高金豹，一个只有感情只有欲望而没有理性的农民，他对于自己最后成就为英雄的选择，完全取决于民间的宗法观念和道德观念。在他的观念里，身体被阉等同于个体生命的终止，接下去的问题是死后的灵魂归哪里？攻打高家祠堂正是出于这种绝望心理，一旦高家重新迎入他的灵牌，他的心也就安定下来，价值认同实现了，于是，抗日英雄与回归民间大地合二为一，高金豹比起苏原的个人主义的悲剧来，确实要幸福得多。

《生命通道》尖锐，《五月乡战》暴戾，《生存》淡远，三部小说各有特点。如果依我的趣味，我意属第三部。《生存》写得比前两部平实，但文化意蕴更加厚实自然，从叙事结构上说，它似乎与《五月乡战》相反，抗日村长赵武一边要执行抗日军队的命令看守、审讯和枪杀日军俘虏，一边又要带领村民度荒救灾，最后为了挽救村人性命，不得不违背抗日军队命令，用日军俘虏去换粮食，国家的抗日与民间的自救先合后离。因此，充塞在小说中的主体，不但是民间的自在性，还含了民间的独立性，民间成了良知的价值标准。"生存"的意象与"生命通道"的意象是一致的，不过是把个体生命的生存意义扩大到种族生命的生存。但支配赵武作出选择的,不是高金豹似的生命受到威胁而导致迷乱,相反,是来自民间的生死观念、道德观念以及价值观念的良知。我很喜欢你在小说中表现出那种从容不迫的气度,在日军俘虏进村以后,你似乎漫不经心地将笔闲开去,写鳏夫寡妇的相濡以沫,写饥荒中孩子的昏睡横死,写村民不愿亲手杀人,写中国人过新年时对待他人(甚至是敌人)的厚道,逐渐展示出中国民间世界所固有的深厚的文化底蕴,使赵武最后决定以俘虏性命换取粮食的结局,显得合情合理,因为它背后有着一种民间的原始正义感支撑着,作为抗衡历史观念的道德力量。

不过,我对你在《生存》结尾时设计的情节感到惋惜,虽然一场天灾中断了所有的冲突,也堪称奇想,但全书的主题却因此不能进一步深化下去。假如你的创作想象力冲破这场风雪,进一步引出不堪设想的后果:日军俘虏违背诺言,不但逃去,而且给运粮队带来了灭顶之灾,那么,赵武的悲惨结局是可想而知的,他违抗了抗日政府的命令,放走敌俘,而且因为运粮队的覆灭为全村人带来新的仇恨,这样,赵武的悲剧不但能够比较深刻地展示出中国民间的善良、愚昧和软弱等特征,还有机会进一步展示出赵五爷之类与庙堂权力结合后所构成的民间污秽因素。你在两部作品中塑造的赵五爷和高凤山,都是我感兴趣的人物。在专制体制下的社会形态里,民间必须一方面承受庙堂权力的侵略性占领，一方面又在藏污纳垢中复活自身的生命源流，它不是一个天堂般纯洁的清平世界，但是浑然大气而且有生命力，你在小说中写高金豹与高凤山的冲突，写赵武与赵五爷的冲突，都让我联想到这个问题。赵五爷与高凤山自有人格高低之别，但他们有共同的地方：身份（集宗族与政治权力于一身）及其观念都显示了庙堂权力对民间长期浸淫的消极影响，他们与民间个体生命的求生意识（包括食色两方面）的冲突，都有力地展现出民间底层蠢动着更加原始的个体生命价值所在，所以，赵武和高金豹的反叛行为，在这一层意义上是更加值得注意的。

我近年来一直关注着文学创作中的民间文化形态，读你的小说，会产生很多想法。这里一时也说不完，也许这些想法只是郢书燕说，并不能真正解释你的作品，但对我，却是明显的受益者，所以我很愿意把它写下来，向你请教，这成了我在1996年新年中完成的头一件工作。即颂

文祺

陈思和

1996年1月6日于东京早稻田奉仕园

初刊北京《当代》1996年第4期

原题为《历史的另一种写法》

致储福金[1]（谈《黑白》）

福金先生：

您好。这几天断断续续读完了《黑白》，建法兄已排好了三校等着付型，他留着篇幅执意要我为大作写几句批评，并一再说，您准备在小说单行本出版前再作进一步的修改，希望我谈谈读后感想。一部长篇小说，一般来说，能够发表在刊物上，也算是功德圆满了，而您却把发表视为一种听取反馈意见的途径，以求在艺术上谋得更大的突破。我非常赞同您这种追求精神，艺无止境，尤其是当艺术人生到了某种大突破的时候。但是很惭愧，我这次却有愧您的期望，这是一项我无法胜任的任务——我对围棋一窍不通。我平时的个人兴趣比较狭隘，对于不感兴趣的事情，往往连起码的常识也不具备。本来我周围有不少精通围棋的朋友，也有几本朋友相赠的棋书，如果时间宽裕的话，我可以慢慢学习琢磨，等略知一二，再来批评您的小说。但现在时间那样紧，显然是不可能从头学习了。所以我只

---

[1] 储福金，当代作家。

能趋易避难，绕开围棋，单从小说的结构艺术出发，发表我的读后感。

您的作品我一向很喜欢，您的描写细腻，文风平和，擅长绵绵阴柔的一路，善于在江南女性形象的刻画上下功夫。但这部《黑白》似有所不同，虽也不脱离您的平常风格，却有了较为开阔的气象，是文学的，也是人生的。这恐怕是您积数十年的人生经验而从棋艺中提炼出来的一种境界。我是门外汉，自然不配多加议论。但我想说说我对这部小说感到兴趣的地方。这部作品让我首先想到了两部德国小说，这也是我读《黑白》时不由自主联想到的参照系。那就是歌德的两卷本的教育小说《威廉·迈斯特的学习时代》和《威廉·迈斯特的漫游时代》，对照《黑白》的传记结构，小说前半部也可说是陶羊子的学习时代，后半部分则是他的漫游时代。前后的转折是1937年战争的爆发。从学习时代来讲，《黑白》的结构像极了一部武侠小说。一个单纯、朦胧的天才，在一场又一场的比赛中，不自觉地学到了对手们所擅长的各种武艺，不断增长自身的功力，最后终成大器。而到了后半部，战争毁灭了陶羊子刚刚建立起来的家庭，杀害了他的妻子以及尚在腹中的孩子，他在大屠杀中逃出南城，千里辗转到了浙西山区，又从生死线上挣扎过来，无意中进入"烂柯山"，从历史、民俗、自然中感受到棋艺的大气象，历尽磨难终于是绚烂归于平淡。从教育小说的角度来理解，一个棋人的成长到这时已经达到了某种境界，小说的结构是完整的。

但是我也想从这里开始讲讲我的不满足，也许对您进一步的修改有些意义。我读完这部小说，感到一种恬然和谐的境界，却没有震撼的力量。或者说，感受到一种人生境界，却感受不到一种精神境界。这个话也许我说得有点重，为什么这么说？我以为人生境界与精神境界是不一样的，前者主要体现在伦理范畴中，是形而下的人生的最高理想追求；而后者则是体现在宇宙生命运行，是形而上的自强不息的精神运动。人生境界是在生与死的轮换交替中产生的一种生命伦理，它既可以是运动的也可以是静止的；而精神世界中的运动则是绝对的运动，不断地通过自我否定，朝着更高的境界发展，生生不息。对一个人来说，人生境界是外在的生活态度，它要求突破物质与观念的界限，建立与外界和谐相处之规；而精神境界则是生命的运动，迫使你去追求那不断向上旋进、不断突破自我的更高目标。两者相比起来，一则是在自我设限中取得生命和谐，另一则是通过不断突破设限，更为本质地制约人的生命意义与生命力量。两者本来不可分离。人生境界如果缺了精神境界的进取性与自我突破，就会变得中庸，圆满，自得其乐，缺乏生命的再生能力；精神境界是一种生命的无休止冲动，如果没有人生境界的协调和规束，往往会让原欲主宰，也就是我过去探讨过的恶魔性因素占了上风，具有更大的破坏性，甚至在毁灭中求得创新发展。所谓不破不立，就是精神境界；但如何破，如何立，则需要人生境界的规范。中国文化传统本身包含了极为生动的精神境界和极为和谐的人生境界，如"天行健，君子以自强不息""日日新，又日新"，都具有精神自强永无止境的探索性；也是人生境界与精神境界的和谐相融。但如果从相克的意义上看，原欲境界为尘世第一境界，人生境界为第二境界，精神境界为第三境界，人生境界能够克制欲望的泛滥，而精神境界在某种意义上又必须从欲望出发，达到更高一层的进取和发展，所以它必须突破人生境界而再求进取，同时，它还需要人生境界的规束，才能达到理想状态的追求。如反之，精神境界也可能倒退到原欲境界。

在您的《黑白》世界里，有两个人物引起我的关注，一个是袁青，一个是继新，这两个棋人形象都含有某种精神冲动的境界，他们在原欲的刺激和推动下，奋不顾身地要走出环境束缚，不断往上冲腾，那是神人所致。如果说，继新还未成人，不可言未来，那么，袁青的走出家乡，高人指点，打遍对手，走出国门，一步步地冲向更高境界的棋艺世界，这是无所顾忌无所畏惧的精神象征。您写陶羊子拒绝了日本人的邀请，而袁青却毅然走出国门，两人相别时，陶羊子暗暗地想："袁青是个真正的棋手，相对来说，自己还不如他。自己考虑的东西要多一些，没有他对棋那么纯。"这段描写极好，为什么陶羊子拒绝出国而袁青却一口答应呢？陶羊子有自己的人生境界，如他自己所说，他根本没有去日本的想法，就是说到下棋，他也只是喜欢，一生的生活能有保证，每天能与对手下一盘棋，也就是他人生的幸福目标，但同时他的观念里还有着家国的大限制。这样一种人生境界，也许是您所期许的理想境界，也是中国民间最大多数的善良的伦理教育的目标。但是您到底还是看出了，袁青比陶羊子更加热爱棋艺。陶羊子把棋艺看作人生的一部分，融洽无间，这是人生的最高境界；但袁青把棋艺视为高于人生，甚至可以破坏人生的至高目标，这是精神的最高境界。羊子是棋人，袁青是棋神，对袁青来说，家国、家乡、民族等观念的束缚是不存在的，他就是为棋而生。这段描写以后，紧接着你写了另一个棋手方天勤如何堕落于原欲的人生观，方天勤是您描写的棋魔，一神一人一魔，您写活了三种不同境界。

现在我可以说到继新的意义了。陶羊子在山中经历了死去活来的磨难，终于在生命复活后，进入了烂柯山，看到了一个桃花源似的理想世界，人人都以棋为游戏，无胜无负，一派和谐。棋乡也是中国文化精神的故乡，但偏有一个继新从里往外冲出，他拜羊子为师，发誓将来要杀遍所有的棋手，闻名于世。羊子感叹："这孩子求胜心过强，自然会带来更大的压力，形成更多的痛苦。"并意识到，"在这棋风盛行的山镇中，这个道理也许说了上千年。但先前出了袁青，现在又出了继新"。这段描写也是极为深刻。以羊子的人生境界来衡量，棋乡烂柯山的棋艺境界是最高境界，他虽不初生于棋乡，但生命再生之地，却是棋乡，自然沟通了这里的民间气息。但是，棋乡毕竟还是出了更高的精神境界，即为棋而生，攀登棋艺的至高境界，棋艺是在与对手交锋中获得不断突破不断进取的，如果仅仅满足于自娱的人生境界，棋艺则无法提高，更谈不上攀登至高境界。所以走出棋乡，袁青接受梅若云指点，继新接受陶羊子指点，都是进取途中的必然受训。前有袁青，后有继新，象征了民间文化孕育的强大再生力，如果没有继新的出现，袁青就是孤证，而烂柯山为民间文化的生命之源，既体现了黑白无常、得失无一的人生最高境界，同时又以强悍的生命力来突破自我设限，汩汩不断地喷涌出袁青、继新等天才，在精神境界上追求更大的目标。袁青、继新既要出世追求大目标大胜负，就必然要进入原欲尘世，甚至也会被原欲所推动，被魔性所左右，所以其经历"更多的痛苦"，是天才必然之磨炼。当然，烂柯山的民间伦理对袁青、继新会有所规范，有所克制，帮助他们再破原欲恶魔本身的障碍，进取更大境界。这也是袁青与方天勤的不同本质。至于方天勤的形象，我等会还有机会来剖析。

接下来我们再来讨论陶羊子的形象。这是体现您的人生境界的理想人物，但是我觉得他身上明显的局限，也正反映了您的理解上的局限。为什么说陶羊子仅仅是达到了某种理想的人生境界而没有达到更高的精神境界？因为人生境界是自在的，能通过感悟而获得；而精神境界是拼搏的，没有极大的进取就不能获得。陶羊子境界不高在小说第一节就有暗示，当母亲灵魂携着一团白亮点飘过水池，进入黑色世界……而小孩从阁楼上往下爬，出了门，双脚深陷在池塘边的泥浆里拔不出来，不能前行。这两个意象出现后，一直陪伴我读完整部小说。这两个意象有两点值得解读，一是母亲的灵魂为黑白世界的相融，似乎是孩子未来的命运象征；二是孩子的意象一直往下降，最后下降到泥浆里不能再行。我的理解是陶羊子追求着黑白世界的境界，陷身在民间的泥浆里翻腾，而无法达到更高的境界。他把民间最美好的伦理心态和人生境界都容纳于心，他的师傅为出世之人，给予他的最后偈帖是十六字："路须自行，生须自悟，黑白无常，得失无一。"我不知道这几句话是否围棋界里的行话，前面两句很一般，路当是人生之路，生也是指人生，是同义反复，没有提出更高境界，而后边两句：黑白无常，转喻为敌我胜负均无定律；得失无一，转喻为是非得失均可转化，得也不一定是得，失也不一定是失。这也是您一再赞美的黑白无间、相依而舞的围棋境界。这样的境界下，正邪对立似乎无关重要了，陶羊子与方天勤最后决战依然没有决出黑白胜负，只是下了一盘好棋而已。这个描写令人回味，将奇崛回归平淡，从战场返回普通人生,小说最后写抗战胜利,似也无关紧要,陶羊子急于想回到家里,是为了平常人生:"看一看阿姗,抱一抱竹生",这是一个有无限感动力的结尾,但也是人生境界上的一个自我设限。与歌德《浮士德》中浮士德博士走到人生最后境界的高唱——"一切变幻无常的/只是虚影;素所不足的/是在这里被充盈;/不可名状的/是在这里被做成;/永远的女性/是在将我们提引。"[1]——两相对照,断然不是同一境界,这也许就是人生境界与精神境界之分。所以说,小说的第一节的意象与最后一节的偈语,都已经把陶羊子这个形象限定了。

精神追求需要有欲望,也要有痛苦。可是陶羊子身上最缺乏的就是原欲的渴望与追求动力。尽管您也写了他去妓院和赌棋,也写了他被女老板的肉体吸引。但您实在太爱好这个人物了,您总是轻轻一笔带过让他全身而退。这让我又联想到另一部德国小说,托马斯·曼的《浮士德博士》,这是一部天才音乐家的传记小说,与您为棋士陶羊子立传有点相似,我在读《黑白》的时候不知不觉地将两个艺术形象作了比较,托马斯·曼笔下的那位音乐家带有强烈的精神性,他自小是天才,但为了突破自身局限,创作出惊世骇俗的艺术精品,他与魔鬼签订合

---

[1] 引自周学普译《浮士德》,商务印书馆1935年版,第564—565页。之所以选了这个译本,我觉得这段诗的前两句译文,似乎正好对应了"黑白无常,得失无一"的意思。

同，承诺自己拒绝过常态的人世生活，并且忍受了种种磨难，疯狂地沉湎于现代音乐，最后在魔鬼帮助下创作出犹如地狱声音的天才音乐，但当他想回到人世过正常生活时却受到魔鬼的毁灭性打击，从此他参破了魔鬼，创作境界再次腾飞，创作了不朽之作。据说这个形象的原型是参照了著名音乐家马勒和勋伯格，但他与陶羊子有很大的不一样。比如，那位德国音乐家初有性欲冲动时，也曾去过妓院接受性的启蒙，不但与妓女有染，而且传染了性病，这是作为他人生的开始；一开始就有了令人颤栗的效果。当然我没有让陶羊子仿效那位德国音乐家的意思，只是在比较中感受到一种精神境界的不同，回避了灵魂的磨难，多少妨碍了人物灵魂的深刻展示。此外，还有观念上的差异，您在叙述人物传记和文化意义时努力摆脱当代文学中一道翻不过去的坎，那就是现代历史大叙述的图解，这是非常难得的突破，以后我有机会的话，还会专门论述这个问题。但是您多少还是不放心不忍心让历史从这个人物身边轻轻滑过，我指的是您终于让家破人亡的陶羊子将古棋卖了钱（可惜卖给了日本人）捐给中国军队。我作为外行，也外行地想，作为小说里的重要的象征性道具，这样失落在日本人的手里，远比中国军队少一千元大洋更为可惜，如果这副棋后来有机会传到继新的手里，那该是多好。您明白我说的不是古棋的价值问题，也不是古棋落谁手的观念问题，而是整个小说布局中隐性结构的内在规定性。

围棋既然有中国文化的精气凝聚,必然要在国家权力(庙堂)与民间之间游走沟通,陶羊子,还有方天勤、袁青等,均自民间起步,由乡而城,由城而都,步步上升,终达芮总府的棋士,携手对抗日本棋手,达到国中的棋界高端;但另一方面,他们的身上又必然是带有民间自在的正邪两气,民间是藏污纳垢之地,既有健康的生命元气、不拘章法、自由自在、生命再生,也有功名富贵、血腥扑杀、别有心计、恶魔附身。这也是民间的原欲境界和人生境界的基本之分界。而以祁总督、芮总府为代表的官场世界,总是把棋艺与世俗的名利搅和在一起,制定出世俗的棋士标准。烂柯山的棋人不出山,自然是一派祥和气象,如果出山,像袁青,还是需要经过官场世界的磨炼和考验。这是现代社会不可能回避的一环。有意思的问题是,来自民间的棋手,是通过什么渠道进入上层社会,而在上层社会又可能获得什么?我觉得这也是您在小说布局里颇为巧妙的一手。

我注意到,陶羊子的身边出现过一个弯眉头的老头黄士天,是个骗子和人贩子,他是陶羊子进城后遭遇的第一个神奇人物,他略施小计就把陶羊子卖到祁督军府,但又使坏事变成好事,得以让祁督军见识了陶羊子的棋艺,由此引进官场世界,为他后来进入芮总府有了铺垫。这个黄士天,以及后来陶羊子到南城，又碰到的小骗子胡桃，都属于民间的鸡鸣狗盗之辈，可贵的是您并没有把这些人写成简单的坏人，而是通过后来的情节发展，渐渐地写出了这批活跃在社会下层的江湖人士的善良和热情。尤其使我感动的是您写到陶羊子流浪到昆城，再遇黄士天行骗，陶羊子不动声色地请他吃饭，终于成为朋友。那一段描写——孩子竹生与黄士天的对话：

竹生靠近着黄士天，对他说："你卖孩子吗？会把我卖了吗？"

陶羊子脸上红起来，想是自己与阿姗说话时，让竹生听到了。孩子大了，以后说话也要注意避他。

黄士天却一点没有不好意思，说："我只卖傻孩子，你说你是不是傻孩子？"

竹生说："我不傻，我还会下棋呢。"

西南王只知一老一少在说笑，便笑起来。

这里"一老一少"用得真好，尤其是"傻孩子"一说，更有神魔点拨之功效，一下子把黄士天从事卖人勾当的阴影淡化了，当"坏人"被容纳到其乐融融的环境之中，也就显现出人性的温厚和包容。民间乃藏污纳垢之地，然而在这污垢之中却包容了人性生长的力量所在。

但是，我现在举出黄士天这个人物的目的，并不是要说明民间的藏污纳垢形态，而是从小说的隐性结构上说，这个人物类似西方小说里的魔鬼角色，他含着笑，神出鬼没，不动声色就把对方引向了另外一个世界。陶羊子后来到了南城，又一次遭遇小魔鬼的角色，那就是小偷胡桃，胡桃力量不够，仅把他介绍到戏院当差，戏院本来也是声色魔幻之地，但您没有利用这个场景却仅仅引出了秦时月再荐芮总府的故事。陶羊子当上芮总府的棋士，棋艺自然也有提升，但终究还是在尔虞我诈中败下阵来，最后在日军的大轰炸中家破人亡，树倒猢狲散，正应了南柯一梦，也为他在烂柯山的再生，做好了铺垫。小说中写到芮总府的三个棋士在官场世界中结局自有不同：除了陶羊子回归民间以外，袁青则借其势腾飞而上，获得了精神境界的大追求之途径，而方天勤则在官场里沾染了更多污浊，朝着堕落方向加速下去。

最后我还是要说几句方天勤。您通过陶羊子与方天勤上天入地的黑白之战，一再暗示正邪之不相容，这本来也是武侠套路的陈设。如果不是这样的设计战局，您大可不必将陶羊子与方天勤交锋作为最后一局之象征。我原来一直以为，小说结尾应该是陶羊子与袁青的一场恶战，才可能是高境界之黑白决胜；而陶、方之战，境界实在低了许多。也许您是为了应和两人出道之初的歧途，也为了应和师傅无一法师的最后一偈，如果在这个境界上，您的整个构思布局是不错的。福金兄，也许我所说的完全是无稽之谈，凭空造出一个精神境界来要求您为什么要这样写而不那样写，当是无理之求。但我只是如实地谈了我的阅读感受，供您在修改时参考。

我再次感谢您让我获得了一个享受美好精神盛宴的机会。并祝

新年春节好

陈思和敬拜

2007 年 2 月 3 日

初刊上海《西部华语文学》2007 年第 3 期
原题为《人生境界之上，还有精神境界——
与储福金先生谈〈黑白〉的小说结构》

致程乃珊[1]（谈《望尽天涯路》[2]）

乃珊：

秋已渐渐深了，读完你的小说，抬头望窗外，正是凄凄一片"昨夜西风凋碧树"的词境。你淡淡地写来，淡淡地化去，却在一群小儿女的唧唧与大老板的营营之中，扯出了无限的惆怅。"从1930年代到1980年代，如实反映上海一个大家族半世纪的风风雨雨。"你如是说，如此自信，你选择了一个没有大家族存在基础的时代却偏要写它的家族史，这注定你的笔下不会出现辉煌的场面与辉煌的人物。你说你的长处在于用1980年代的目光去感受和回顾那段历史，其实何止是你，今天的读者不也都用同样的目光阅读着你所描写的那段历史么？对艺术的感受与对现实的反省有时真会这样紧紧搭在一起，就似一个淘气的孩子睁大眼睛看着蝼蚁们如何觅食，如何搬运，却也明知道身边就放着一杯烫烫的水，不久将有个"汤浇蚁穴"的结果。

---

[1] 程乃珊（1946—2013），上海作家，后定居香港。
[2] 《望尽天涯路》，初发表于《小说界》1989年长篇小说专辑，后出版单行本时，改名为《金融家》。

这种惆怅感也许正是1980年代的你得天独厚的，它不会发生在充满冒险家幻想的1930年代，也不会发生在低吟"何日君再来"的1950年代。

你在构思这部小说时已经做了三部曲的打算，《望尽天涯路》仅仅写了人生的开端。在小说里，祝景臣虽然是唱重场戏的，但真正的主角倒应该是第二代人物：祝隽人、封静肖、蔡立仁，以及芷霜、隽敏、隽颖、朱蓓蓓等等，他们每个人都联系着自己的家庭历史，有的将继承，有的要中兴，也有的正在发迹。小说正是通过了一组组男欢女爱的故事将几种家庭联姻在一起，形成一张现代社会关系的网络——金融、企业、投机事业、知识技术等各方人才，联结成一个以家族为枢纽的集团。它是由一个个新型的核心家庭组合而成，具体地表现出现代都市的某种特点。这种新型的家庭关系，在第一部中刚刚形成；真正的故事还应在以后的篇幅里展开。但这也就等于从两个方面暗示了读者：其一，你虽然正面描述了中华银行总经理祝景臣的活动，但真正的主角却还在发展着，他们中大多数人担任着高级职员、技术人员等工作，也有的将继续从事资本的活动。这就是说，"民族资本家"仅仅是你笔下世界的一部分，而真正能体现你的世界全貌的，是一组社会面更为广阔的"上流社会"人士的家庭与生活。其二，"民族资产阶级"的活动，仅仅在第一部中有比较明确的意义，祝隽人等青年在第一部里都属于儿女辈人物，还没有正式步入"资本家"的阶层，然而到了后两部小说所反映的年代里，这些人又都将失去社会的主角地位，他们活动的主要背景，仍然只能在家庭中展开。所谓"民族资本家"的概念在他们身上将不复存在。所以唯纵观了三部曲的整体构思，方能理解它不同于《子夜》《上海的早晨》一类作品的地方，也方能慢慢嚼出"望尽天涯路"的惆怅情调。

这就决定了你的小说不会重复过去所谓"资本家"题材的老路，也无法在《子夜》《上海的早晨》一类作品的参照标准下呈现它的价值与意义。严格地说，它们是两种不相同的创作：前一类作品写的是"资本家"，而你的作品写的却是中产阶级家庭，这当中的区别是很明显的。资本家是一个政治经济的概念，写资本家就是以资本家的经济生活为主要描写对象，评价资本家在当代历史发展中的地位与作用，不这样就无法把握资本家的阶级本质，艺术细节不过是围绕了这一中心主题的设置，为了让资本家的政治经济属性更加艺术化地展示出来。如果以这样的标准来估衡《望尽天涯路》，那就离它的本体意义实在太远了。因为你把这一切程式全改变了，你没有注重去描写人物的经济关系（这也确非是你的专长），你只是很努力地刻画着现代都市发展过程中一些家庭的兴起和一些家庭的衰落。这里还包含了另外一种区别，即它不同于传统的大家庭的故事，也不同于旧式的市井小说，它基本上是写一组现代都市背景下的中产阶级家庭。这种家庭没有祖先的光荣与传统的显赫作根基,完全是依仗了现代都市的发展而形成。你所着力描写的祝景臣本人就是这样一个家族的创始人,他几乎是"空手打老虎"地由学徒爬上了上流社会,在思想感情上与行为道德上,还没有与平民社会完全切断血缘联系。你为堂堂的中华银行总经理安排这么一个出身未免有点扫兴,特别是这一切都是通过回忆性的叙旧片段来追求的,并没有正面表现出这种跨越两个社会阶层所必须经历的惊涛骇浪,多少减弱了家族的历史感,但它确实更为典型地烘托出十里洋场的环境:这里不需要名门望族,需要的是冒险的勇气和魄力。这种无根的特性反过来又促使了新型家庭的诞生:当祝景臣的两位小姐择婿的时候都表现出非门第的倾向,姻娅之间,一个是正在衰败中蜕变出新生机的封家,一个是正利用战争做投机生意暴发了的蔡家,这衰荣起伏,借助了祝家的姻亲关系被联结成一具流动不止变化莫测的人生魔方。你不厌其烦地写人生由困顿而振兴的故事:祝景臣、祝景文、蔡立仁……你也不厌其烦地写人生由盛极而衰败的故事:封家三少爷、魏文熙遗孀、鸦片鬼苏康明……种种兴衰的意象犹如命运的启示,除了在祝景臣的精神世界里反复出现并使他产生如履薄冰的现代无常感外,也笼罩了你笔下的艺术世界——它打破了传统家庭小说的琐碎与沉闷,因为它所揭示的无常感是与现代社会剧烈的竞争机制联系在一起,并非《红楼梦》里飘来的一曲《好了歌》。

于是我觉得我碰到了这部作品的核心——它是属于你个人的经验世界与艺术世界，也是现代中国文学创作中相当独特的东西。在中国新文学历史上，写旧式家庭的式微，写市民家庭的琐事，都是有传统的，但说到新起的中产阶级家庭的艺术创造就杳然了。虽然《子夜》《上海的早晨》等小说也写到了一些资产阶级家庭的侧影，但终因着眼点的不同，家庭只是陪衬主题的一个场景，因为当作者把重点放在对资本家政治经济特点的把握时，他无法从短暂的资产阶级家庭历史中寻找到这方面的意义。你却不同，你把重点放到了中产阶级家庭本身，它虽然包括了资本家的生活却又不等于资本家的全部意义，这样，你不但从以往这类题材的欧美冒险家的模式中摆脱出来，也从既定的观念（如《子夜》）和政策演绎（如《上海的早晨》）的模式中摆脱出来。你写在《后记》中的一句话很打动我，你说，你自懂事成熟以来，"总觉得自己与许多同时代人有种种格格不合之处"。可贵的是在那个容不得个性，特别是容不得所谓"资产阶级个性"存在的年代里，你没有完全丧失掉自己，你保持了你的"格格不入"的个性，以尊重的态度来对待你的出身环境与教养，这种与当代一般作家相异的生活经历，使你的创作从一开始就走上自己的道路，也使你能够成功地避短扬长，在小说里选择了独持的表现角度。

写一部现代都市环境下的家庭史,这是你在同类题材上的重要发现。通常人们只是把旧家庭观念的淡化与核心家庭的形成看作是现代都市的标记,而你却在这一个个孤立的社会细胞背后找到了它们的联系,并把它转化成艺术的语言。说句老实话,我出身寒微,无法从直接经验上去印证你的艺术世界的真实性,而且我也不打算这么做。作为一个从事批评工作的读者,我僭妄地说我的责任在于激发你所拥有的特立独行的潜能,并尽可能地对它作出文学史价值上的判断。因为我发现,你的特点将你的长处与短处紧紧地缠在一起了。

你在这部作品中表现出来的个性要比你过去任何一部作品都大得多。因为你是在描写一个对你来说既熟悉又不熟悉的世界,它不是你亲身经验的再现,只是间接的,根据上辈人遗留下来的各种记忆和文献重新整合起来的一个经验世界,但它于你又并非全然陌生,它依赖着经验以外、然而比经验更为可靠的东西——血缘的力量,使你与你所描写的对象之间充塞了无法替代的特殊感情。它支配了你的艺术构思与艺术创作,强大到足以抗衡一切来自非感情因素的干扰。小说的独特性主要来自这种感情力量。在中国,现代作家多数出身于旧家庭,他们与现代都市的中产阶级家庭并无血缘联系,有些描写资本家的作品,最初创作动机可能起源于作家某一段具体生活的启发,但由于个人经验与他所描写的对象之间不存在太深的感情因缘,所以构思一部宏大作品的主题时，不能不借助理性知识的帮助，依靠理论的力量来完成主题思想的最终提炼。这已经成为这类题材创作的一个普遍性特征。而你的独特与成功恰恰是摒弃了这种他人经验的约束，你信任自己的感情，努力使这部小说成为一部感情支配下的怀旧作品。如果有谁要从理性的角度去发掘这部作品的理论意义，如寻找它是否解决了1980年代如何对民族资产阶级重新作出政治经济学上的理论界定，或者如何重新评价民族资产阶级在中国现代化过程中起的历史作用，等等，那他一定会大失所望。这就是说，你没有在《子夜》这类作品的意义上再多走一步或后退一步，而是采取了回避的态度。你是在另起炉灶，紧紧拥抱了一个家庭的历史，就仿佛是后人怀着对家族创始人的艰难历程的无限感动与赞叹一样，充满了血亲的魅力。

所以说，祝景臣绝不是吴荪甫系列的延伸。在这个人物尚未出场的时候，你就开始悄悄地置换了表现的角度，使他不是以一个典型的民族资本家，而是以一个国人心目中典型的家长的形象出现在小说里。祝景臣的"家长"形象是被成功地社会化了的：在民族大节上他是个顾全大局、有正义感的中国国民，在事业中他是个信诚至上、体恤下属的金融家，在家族里他又是个开明慈爱、克勤克俭的父亲。国事家事个人事，他都是无懈可击的。如果从描写上海滩上一个小学徒到金融大亨发迹历史的角度看，人们有理由指责这个形象是苍白的，因为你不但抽去了祝景臣发迹的全过程，也磨平了一个在残酷竞争中身经百战的冒险家个性中的应有棱角，你几乎没有力量去把握纽沁根、萨加尔、格柏乌这样半人半魔的非凡性格；但以一个家族史的角度看，你在祝景臣身上投注的大量温情脉脉的细节，浓郁的恋旧感，不但亲切地调节并缩短了人物与读者之间的距离，也引导了读者对人物的美学理解，它很使人想起布登·勃洛克家族、福尔赛家族这一类老派稳健的中产阶级家庭在东方十里洋场的崛起，所以，唯从"家长"的意义上看祝景臣才是成功的，即使你极其大胆地写出了这个人物的某种私生活秘闻。如他每天早上弯着老迈的腰用毛蚶壳洗刷便器，这细节用在银行总经理的身上真不可思议，但对一个苦出身的家族创始人来说，任何怪癖都会让人容忍。

依赖了对自己感情的信任，你既摆脱了他人经验，也超脱了自己以往的经验约束。当然，说到底后一种经验仍然是非个人化的，也就是你在以往作品里所力图表达的一种普遍性的观念，譬如《蓝屋》，如果我没有记错的话，你在"蓝屋"的象征里情不自禁地表现出一种轻视财富，不为财富所动的人生态度，这当然不是你个人的想法，而是一般中国人传统的理想境界。但在《望尽天涯路》里，出于你个人的感受，历来在文学作品中受到指责或者讽刺的"资产阶级生活方式"产生了梦幻般的诱惑，大概自19世纪资本主义初期阶段起，因为社会贫富的对立而在文学中形成一些根深蒂固的人道主义见解，作家们往往站在离上流社会远远的地方愤怒地批判它表面上的纸醉金迷和道德上的放荡堕落，这种批判意识被中国新文学接受后，加上"为富不仁"的传统意识与马克思主义的阶级意识，资产阶级的富裕生活一向被描写成堕落与罪恶的证明。然而你这次放弃了这种见解，在《后记》里你大胆地说出了自己的思考结果："一个社会，上等人越多，这社会就越文明富裕。说穿了，穷而愚之辈，从个人到国家，都遭人白眼、冷落……穷与富只是一种现象，不足以此衡量一个人的品质和好恶。"在这里，你又换了一个角度去看所谓"资产阶级的生活方式"，认为它只是反映了人类的现代文明发展所带来的一种结果。我相信你提出这个看法是真诚的，这种真诚甚至鼓励了你自信地用一种温暖的同情去描写上海青年男女对上流社会生活方式的向往。这是你所有小说创作中最真诚，也是最动人之处。——顺便说一句，关于这方面的心理刻画，比你所描写的真正上流社会的场景更加迷人。这部小说在结构上也受到了你这一特点的影响，你竟把一所贵族女子学校作为长篇的第一场景，一开始就写了几个待嫁的女学生的向往与梦，在她们的玫瑰色追求中缓缓拉启了"上流社会"的绛紫大幕。而且这几个女孩的向往与追求贯穿了长篇的始终，直到结尾，从她们各自实现了的婚姻与人生目的中对比所得与所失，淡淡写出人生的实在与虚幻。

你笔下的封静肖就是一个很好的例证。这个人物在小说里不算太重要，但却是令人感兴趣的。他出身于没落的大户人家，又啃过洋面包，风流潇洒，满口洋文，迷恋着西方文化的一切，连吃荷包蛋也要求只煎一面，正如你在小说中对他的评价：封静肖这辈子注定要吃外国人饭才长肉的。这类人物在过去的文学作品中并不少见，大约可以追溯到《阿Q正传》里的"假洋鬼子"，但他们多半是漫画式的角色，譬如《日出》里的张乔治、《四世同堂》里的丁约翰、《围城》里那一班卖野人头的留洋学生……一直可以延续到蒋子龙笔下的"业余华侨"，可见香火不绝，不过是档次越来越差，他们的浅薄、取巧、崇洋媚外、缺乏民族自尊等劣根，向来成为作家讽嘲的对象。这个题目如果开发下去，可能会触及现代知识分子的一块心病：面对西方文化无情地渗透到中国人的日常生活方式中时，中国知识分子的心情是复杂的，他们一方面认定这变化正是一种文明的进步，但在感情上又隐隐地感到自尊心受到伤害，他们把怨气出在这一类"假洋鬼子"身上，正泄露了内心的浮躁之气。但是你在封静肖的塑造上改变了这种漫画式的戏谑手法，第一次不带一点嘲讽口吻地表现出这个人物性格上的可爱：他迷恋西方与他的爱国责任，他的花花公子式的外表和坚强认真的生活态度，都达到了和谐的体现。这和谐正来自你本人面对中西文化交流

致程乃珊（谈《望尽天涯路》）

所持的平静心态，把这类人物从情绪的偏见中解脱出来，恢复了他们作为正常人的面貌。

无论祝景臣还是封静肖，这类人物在以往文学作品中都出现过的，但由于你改变了传统的观念与表现角度，使常见的人物身上产生出不常见的意义。我这么说并不是认为这些人物已经塑造得很成功了，譬如祝景臣，多少还觉得肤浅了一些。但无论怎样都是你根据自己对生活的感受与理解来塑造他们的，没有很明显的类型化痕迹。这已经是很不容易了，没有对生活的长期积累与认真思考，是很难达到这一层次的。

这一特点在小说的细节创造中也体现出来。我很佩服这部作品在框架上摒弃了政治理性的图解。通读全书，似乎意识不到它的框架结构的存在，只觉得是一个接一个生活场景的转换与生活细节的接踵更迭，毫无拼凑之感。过去写资本家的小说，无论中外似都有个公式，即人物的经济活动加色情场面组合成基本情节，而你恰恰把这两端都放弃了，在小说中，你正面地写家庭，写日常生活，写人事交际与情感纠葛，即使写到经济活动也一笔略过，重在描写人的精神状态。这种避短扬长符合了小说的艺术规律。还有一点就是你没有故意渲染婚丧喜庆这类被人写俗了的场面。不知由什么时候起，小说一写到风俗，就免不了大写婚丧场面，看上去很热闹，细读下来却无甚新意。但我注意到你这部小说虽也写到了好几个人的婚，好几个人的死，都是淡淡略过，你把上海人的生活风俗演化成自然的生活细节，从日常场景描写中显示出来。这倒是真功夫。

不是从理性出发去把握资本家的政治经济特征，而是从感情出发，表现现代都市背景下的中产阶级家庭的兴衰变迁；不是站在中产阶级生活方式的对立面进行批判性的描绘，而是从这种生活方式的内部渲染了它的温情、富裕与文明；不是机械地拼凑风俗细节，而是将大量的上海风俗融汇贯通，化入日常生活场景的描绘之中——这部小说的三个特点，只有从你自己独有的经验出发才能做到的。它们在你的笔下表现得那么自然、贴切，表明了你的成功。当然，我把《望尽天涯路》与过去同类题材作比较，是为了指出它的独创性，这种比较并无褒贬的意思，更不是说《望尽天涯路》是同类题材创作中的最佳模式。我想你是会懂我的意思的。

你对这部作品是花过大心血的，它也没有辜负你，代表了你创作以来的最高水平。但如果把三部曲看作一个整体而言，这部小说的价值还远远未能显示出来，还有更艰巨的地方留在后头——我不是说小说的内容方面，而是指整体的创作方法。我的看法与你稍有些不同，你觉得这三部曲最难写的是头一部，因为它反映的时代离你最远，后两部写的时代愈来愈近，也就会愈来愈顺手。我的看法正相反，我觉得头一部的成功或许正是因为它反映的时代对你来说很陌生的缘故，陌生感使你以往写作上的一些旧经验旧习惯都无法融汇进去，必须换一副笔墨，或换一个视角去重新营造你的艺术世界。这就给你的独创创造了条件，我前面说过，你的独创也包括摆脱了你自己的经验束缚。然而后两部反映的年代愈近，与你的习惯思维模式也愈近，由陌生变得熟悉，经验的新鲜感很可能也因之消失。读你过去的作品，多少有些小家碧玉气，具体说就是描写过于实际琐碎而想象力不足，作品意境破碎在具体的细节之中，缺乏高远之气。这正是长篇小说之大敌。在《望尽天涯路》中，这些病症只有些迹象，但尚不明显，若在后两部中不加以警惕防止，它重新萌生是可能的。这，望你能认真对待。

唠唠叨叨，扯了一大通，也未知言及义否。这几天秋风正紧，今冬第一个寒流已经降临，一切都变得懒洋洋的，神气郁闷而滞着，筋骨瑟缩而不达。请多保重，继续走你自己的路。

思和

1989 年 11 月 18 日

初刊《上海文论》1990 年第 2 期

原题为《致程乃珊：走你自己的路》

致程乃珊(谈梁凤仪的作品)

乃珊:

谢谢你给我送来的梁凤仪作品。其实,在你向我介绍以前,我已经知道了梁凤仪这个名字和她的书。去年我第二次到香港中文大学英文系作研究,虽然只待了一个月,但与1988年我第一次去香港时的印象相比,只觉得香港市面上多了几分混乱。(还记得吧,那几天美国有一家银行倒闭,人心惶惶,谣言四起,许多银行门口都排起了提款的长队。)文化市场似更为萧条。我在三年前读过并很喜欢的几家文艺刊物,《八方》《博益》均已停刊,只剩刘以鬯先生主编的《香港文学》还在苦苦支撑;三年前我曾流连忘返的几家书店,如今也败象毕露,香港书城已经停业了,许定铭先生一手创办、在大陆台湾读书界都享有盛誉的创作书社也准备歇业,这不能不感到怅然。不过也有新鲜事儿出现,其中之一就是在许多超级市场的门口,添置了一个小巧精致的书架,上面置放了一本本装帧精美的袖珍本小丛书。在香港的超级市场门口卖书,我过去也见过,大都是些养狗种花之类的生活类书,这番所见恰恰是文艺类作品,有小说,也有随笔，作者是同一个名字，叫梁凤仪。三年前，在书铺里到处可见的这类袖珍本里，最常见的名字是亦舒、倪匡，如今到处见到的是梁凤仪，这自然让我注意。

不过，我更感兴趣的是这种现象，图书不是陈列在专门的书店里，也不是出现在街头地摊（通俗性的书摊）上，而是置列在超级市场，与形形色色的日常生活用品和食品排列在一起，这本身是耐人寻味的，超级市场所置的商品主要是生活用品，光顾的顾客主要是一般理家型的市民，与书店的主要顾客为学生、知识分子或文艺爱好者不同，把图书放在生活用品类出售，意味着图书对象的改变。这还不仅仅是指顾客而言。很显然，无论是走进书店还是徜徉在书摊者，不管他们的身份如何不同，他们的动机如何不一，但他们都是为买书而去，就"买书"这一目的而言，他们是一致的。然而光顾超级市场的人们，动机可以有千百种，但绝不会是专为购买书籍。在超级市场里买书只能是顺手带过的事情，我们完全可以设想这种情景，当人们在琳琅满目的商品和高高低低的价格中昏昏然地走出，突然发现了一架精巧的书，会有一种怎样的新奇之感，他们不是为买书而去，但出于无意中获得的那份惊喜，为了随兴而来的情趣，或者仅仅因为勾起了一丝对学生时代的怀恋，唤起了一种对生活之外的渴望，他们顺手买了梁凤仪的书。如果说，这些书本身也属于生活类型，如食谱、编织、养花、宠物等，自然与它们置身的环境吻合，然而梁凤仪是将文艺类书一本一本地贡献给超级市场的顾客们，这也许是梁凤仪刻意追求的一种效果，她是否希望她的作品不要成为陈列在象牙塔里的精品，而如同一般的日常生活用具，走入寻常百姓家。假如说，梁凤仪确是这样想，并自觉地这样去做的话，我认为她是个很有头脑的人。在商品经济极为发达的香港，一切文化设施都无法摆脱商品性的制约，它必须与这个紧张、高速的社会经济相适应才能够成为一种有效的商品被社会大众所承认，这并不是说，在一个商品经济高度发展的社会里人们不需要专门性的书店，但梁凤仪能够主动走出书店的空间限制、主动把自己的作品陈列于超级市场上当作商品来推销，这无疑是一种大胆、勇敢的行为，有创意性的一步。作一个不恰当的比方，书店里陈列的图书如同待字闺中的千金小姐，地摊上的读物（包括色情读物）犹如街头拉客的风流女子，那么主动走入超市的图书，应是当代职业妇女，她们在服务于市场的同时，也在寻找自己的价值和幸福。也许这种比喻不伦不类，但我们从梁凤仪笔下所描写的郭嘉怡（《异邦红叶梦》）、赛明军（《昨夜长风》）一类职业女子，大致可以琢磨出这一类图书的气质与品位。或可以说，这类图书是介于纯文学与地摊读物之间的，是为适应香港商品社会的一般市场需要而生的文学读物。

当我对梁凤仪作品作出这样一个理解时，我并没有把她的作品孤立起来，认为它们是独一无二的现代读物。事实上，在几年前，香港书市已经流行着各种袖珍本的读物（如《博益》版的多种系列）。这是一种相当宽泛的概念，它可以包括各种各样的品种，有知识性读物，有消闲性读物，自然，也有文学性读物。它们大都是作为商品而投入读者消费市场，但与教科书、政治文件、专业文献等书籍不一样，与纯文艺作品也不一样。纯文艺与通俗文艺之间的界限有时并不那么清楚，特别是进入了商品社会以来。但是艺术观念的区别、写作方式的区别，以及审美口味上的区别，仍然是存在的。我这里界定的"读物"之所以不包括纯文艺，是因为"读物"在现代社会中不是一种与现存社会制度相对立，进而尽到现代知识分子批判责任与使命的精神产品，也不是一种民族生命力的文化积淀，并通过新奇的审美方式表现出来的象征体，更不是凭一己之兴趣，孤独地尝试着表达各种话语的美文学，后者林林总总，都以作家的主体性为精神前导，与现代社会处于潜在的对立之中。或可以说，纯文艺是知识分子占有的一片神秘领地。然而读物，——只是读物吧，它的存在是以现代社会的需要为前提，它将帮助人们在现代社会中更适宜地生存。这种"帮助"也是多方面的，它可以是实用性的生活指南，也可以是消闲性的精神消遣。它不乏真知灼见，能令人深思，令人感动，但其最终目标，是有利于自身及其对象在现代社会中的生存。

香港的文化市场中心曾经有过一个由精英文化向读物文化转移的过程，有不少知识分子如鱼得水地顺应了这一市场机制转换，成为双栖的"弄潮儿"。如李英豪，他早期作品是我非常喜欢读的，他在1960年代初介绍西方现代主义艺术，写作《批评的视界》，翻译《萨特戏剧选》和卡夫卡作的随笔，在1980年代出版了一系列《禅与香港生活》《庄子与香港生活》，谈花论狗，以及感人至深的《给煜煜的信》，如作一个系统的考察，不难看出"读物"作为现代社会必不可少的精神产品的发展史和演变史。这种转换完成以后，纯文艺（包括纯学术）的读者市场大幅度减少，成为一种精神上的奢侈品，而读物则堂而皇之地接管了所有的各个社会阶层的读者，与影视文化流行音乐鼎足而立，左右了现代社会的文化消费市场。我没有把读物与通俗文学等同起来，因为通俗文学其实是个很模糊的概念。但读物中自然包括了不同档次的通俗文学，或可说是文学性的读物，是用故事、用抒情、用描写来构成的一种读物。这类作品的艺术性高低不是很重要的，关键是可读性，能够以娱乐的方式熨平读者被现代社会生活撩得燥热骚动的心绪。有时候，它也能成为一种人生的指导，其旨意也是让读者在无可奈何的圆梦中忘掉生活中难以忍受的个性压抑。我不认为这是一种不好的精神麻醉品，因为揭穿和暗示社会本质并永远为之痛苦的，只能是少数被称作人类精英的知识分子的宿命，毋须让大众来

致程乃珊（谈梁凤仪的作品） *133*

同受这无谓的痛苦。既然20世纪的历史教训中已经包括了人们对于用暴力来制造乌托邦的尝试的再认识，那么，社会缓慢的进步只能靠半醒半醉的大众在生命的自我消耗中支撑。而这种一半清醒一半醉的大众精神需求，只能如流行歌所唱的，让现代读物去帮助人们在世上"潇洒走一回"了。

回过来再谈梁凤仪。当梁凤仪在商界成为一个"女强人"，并希望将自己苦苦纠缠的"文学"献给读者时，她一定审时度势地作过选择，在一篇叫《心想事成》的随笔里她这么说："举凡这种要靠天命的事，不妨尽力而为，而同时，要抱一种成则固佳，败亦无碍的心态。对于人力所能做得来的事呢，刚相反，永远以背水一战，只许成功不准失败的斗志去争取，不到手，不罢休。"真正是绝顶聪明的人说出的话。近年来大陆文坛上冒出的一些怪现象，一些海外打了工、发了财的人回来写一些自传，就急急忙忙要宣布自己是如何的不朽。我以为其病正在于不会审时度势。文学事关天意，不是个人一厢情愿所能达到的。梁凤仪的聪明，正在于她机敏地把握了现代社会之所需和选择了她的对象，当她的一本本精美的文学小书出现在超级市场的门口，她已经为自己的作品定了个性：它们将成为一种日常生活的必需品（就精神需求所言），进入到大量疲惫不堪的职业女性和蠢蠢欲动的非职业女性手里，它们将成为一大部分香港女性读者(尤其是面对着家庭、社会、性爱、财富等诸方面困扰的女性)的感情寄托。听说梁凤仪的作品已经出版了四十余种,很抱歉,我能读到的,只是你和徐钤先生分别送来的以下几种:《异邦红叶梦》《昨夜长风》《誓不言悔》《豪门惊梦》《醉红尘》《花魁劫》以及《心想事成》,不读全一位作家的作品而妄谈其人其书,实在是冒昧的行为,也违反了我作批评的一贯作风,不过现在时间与条件都不允许这样细致的阅读,我只能就读过的几种,谈谈它们作为一种现代社会读物的特点,也是回答你送书约稿的一片好意。

梁凤仪把她的作品称作"财经小说",除了为求一个富有刺激性的新名词外,大半原因也是因为这些故事的背景都发生在商界。这一背景在西方通俗小说中并不少见,但在中国大陆,还是一片待开拓的处女地。自1930年代茅盾写过《子夜》后,几乎冷寂了半个世纪,直到新近几年才陆续有人涉及。在台湾,陈映真等现实派作家也呼吁过写"跨国公司"等当代经济世界,我在前几年读《台湾新世代小说大系》时,发现编者特地将"工商"题材单独编成一卷,与"乡野""都市"相分别,也正暗示了对这一题材的重视。在香港,描写商界女性的通俗小说并不少,然而梁凤仪特别地打出"财经小说"的招牌,并创造了一个系列的小说世界,也应是独具慧眼的行为,至少是对通俗小说题材的有意识的新开拓。还在几年前,我在一篇文章里提出这个问题：为什么大陆出版的通俗文学中，流行琼瑶而不流行亦舒？当时我也不甚了然，现在想起来，大概不外乎两个原因：一是当时的通俗文学对象，主要是一些正在做着白马王子梦的女中学生，琼瑶笔下的纯情少女正好迎合了她们生理与心理需要；二是因为当时大陆一般的社会心理对商品经济社会产生的文化效应，心理准备不足。琼瑶的作品适应了这样一个时期的文学读物要求。梁凤仪的小说自是亦舒一路而来（《豪门惊梦》中有一个人物以亦舒小说中一个人物自居），但她能够在1990年代流行文化市场，也同样是恰逢其时。原因不外乎两个：一是对商品经济发展及其在社会方面产生的后果，一般市民已经有了切身体会；二是十年前琼瑶崇拜者们，现在大都成为职业女性，在饱尝了婚恋、经济、事业、家庭等诸多风霜后，她们假如依然是大陆通俗读物的支持者的话，那么，他们选择梁凤仪将是必然的结果。

梁凤仪是以写商界女强人擅长的，读了几种以后，也觉得她笔下的女强人均有一个固定模式，这些事似乎是告诉读者：女人天生有一种把握机遇、发挥才干的能力，但是在男性为中心的社会里，女性这种能力不但无法施展，而且被白白浪费了。因此，她的故事的主人公，总是在一个晴天霹雳般的突然变故以后才会坚强起来，意识到自己是个独立女性，有了这个认识以后，就一通百通，当个社会强人并不困难。梁凤仪本人首先是以一个社会实践的成功者出现在读者心目中，所以她对她笔下主人公行为有一份自信。这种自信导致了那些女强人的成功过于简单化与理想化，仿佛是一场好莱坞式的梦，但在女人的另一面，即一个旧生活方式下的女性如何在命运的打击中觉醒过来的心理过程，写得相当细。作为"财经小说"的招牌，大致只能用在后半截，而那些故事的前半截即非"财经"的故事，反而写得比女强人的故事更动人些。

作为现代社会的一种读物，梁凤仪的女强人故事比琼瑶式的纯情少女的故事更有现代性，这是毫无疑问的。这些作品同样打上了这个时代的印记，即对于女性在现代社会中的价值和作用的重新认识。那些女强人的前身，大都是以男性社会的依附者形象出现的：她们中有的是豪门小妾，有的是望族少奶，也有的甚至是投海偷渡来的大陆妹，促使她们自强自立的契机几乎是相同的——被男人遗弃（男人或者死了，或者变了心）。如《誓不言悔》介绍的：现今时代的家庭妇女，面对形形色色的困苦，其中之一种，是忽然之间，丈夫变了心，把家庭生活捣了稀巴烂。名副其实的闭门家里坐，祸从天上来。问题是接下去怎么办？我觉得这个模式几乎千篇一律地描述了女人的三部曲：A.女人依附男人生活；B.男人变心，女人遭遗弃；C.女人自立，与男人处于平等地位。如以B为中心分界，A和C似乎是象征了两个社会，一个是旧式家庭（男性为中心的社会），另一个是现代社会（男女平等的社会），而处于两者之间的B，也可以说是男性社会的权力的象征。只有当女性分离了这个权力象征，女性体内潜在的积极性才能迸发出来，使女性与男性处于平等的地位。在这样一个公式下，梁凤仪笔底下的男性，似乎总是委顿的、邪恶的、虚伪的，在男性阴影笼罩下的女性，大都也是浅薄的、无聊的、卑琐的，唯有摆脱了男性的女人，才以容光焕发、才智双全的姿态出现在时代面前。

我没有在香港长期生活过，无法确定梁凤仪为现代妇女定制的这一公式是否与现代社会的妇女运动趋向吻合。这一点你应该比我更理解。昨天电话里你说起香港小男人与大女人的现象，使我豁然想通了，梁凤仪之所以把那些女强人的故事称为"财经小说"而不是以"现代女性系列"之类的称号命名，不只是为了迎合商品经济社会中"财经"地位的重要，或许正包含了梁凤仪本人对香港社会中现代妇女运动发展趋势的预测。"大女人"的故事在目前可能还是一种迹象，但在无情犹如战争的商战中，女人入盟使之增加了人情味，一旦男人与女人在完全平等的教育权利、经济权利和社会地位上正面竞争，"大女人"的辉煌或许正是未来社会的一种期望。梁凤仪的《豪门惊梦》中那个现代"杨门女将"式的故事，似乎正表达了这样一种期望。

从故事本身来说，梁凤仪匆匆忙忙的叙述并不能为它增色多少，即便作为通俗小说，也有些地方嫌太草率。因为通俗小说的第一要义是可读性，然而可读性，不但包含故事的迷醉，也包含了对叙事方式的迷醉。《醉红尘》本来是一个《基督山伯爵》式的恩仇故事，但作者写到后半部分即"复仇"过程，因太简单而失掉了前半部分铺垫的神秘感，因此也失掉了可读的趣味。但在一些片断场景的描写中，梁凤仪也有非一般通俗读物能及的长处。譬如写大家庭妇女生活的一些场面，服饰，气氛，都有一股大家气。即便大陆上一些较优秀的作家也未能企及。像《花魁劫》中写小妾在节日场合着粉色衣服，这一笔过去在张爱玲的《更衣记》中读过，但梁凤仪小说里借了这个细节大做文章，把人物性格写得相当饱满。相比之下，我们这边也有写妻妾成群的小说，尽管红到了天，在细节上显然还不达这样的功力。梁凤仪的作品中，过于简单的构思，过于匆忙的描写，这些不足都在所难免，但那种珠光宝气的暴发户式的伧俗，是一点也没有的。读她写的故事，常常有一些神来之笔的场面描写，令人有会心之乐。

梁凤仪的作品及其在社会上产生的热点，要细细地说还能说出一些来。不过你既然要编这么一本谈梁凤仪的书，又是约了许多朋友，有些话或许会重复，不说也罢。我只是从梁凤仪中引出一个现代社会与读物的话题，这一题目，早在1988年我开始研究香港文学时就在思考了。香港是个被通俗文化（流行文化）淹没了的城市，真正纯粹的文学创作与学术研究都难以生存，因而对于香港是否是文化沙漠，到底有没有文学等问题，长期以来争执不休。大陆学术界对这个问题的看法也不尽相同，过去被一种盲目的优越心理支配着（同样也是一种政治教条的文学观念影响），无端认同了香港是文化沙漠的说法；近年来商品经济热一起，许多出版商连同所谓的研究者又昏了头，完全失却了文学的衡量标准。我把通俗文学作品称作现代社会的读物，正是想对这种文化以及文学现象作一个新的界说。现代读物是现代社会的文化消费市场必不可少的，就如影视与流行歌曲。读物中有文学性读物也有非文学性读物，即使是文学性读物，更与纯粹意义上的文学仍然是有区别的，但它确实是一种现代文化的表征。对于这个话题，原是可以作一篇大文章的，现在不过是说了梁凤仪的作品，随便就举出来谈谈，以后有机会再详细地说吧。

  你现在入乡随俗，大约《望尽天涯路》也只能是望不到尽头了。不过，要懂得一个社会，最好的途径就是靠自己能力在这个社会上生存下去，我想你也一定会写一些"读物"之类的作品，适应现代社会的生存需要。大陆将来这类"读物"也会慢慢地多起来。对于这个现象，总要有人去关注，并给以正当的评价。我这篇抛砖式的通信，或如秋菊打官司那样，只是求一个"说法"。如讲得不对,或多有冒昧处,只好请见谅了。

圣诞节快乐

思和

1992 年 12 月 24 日

初刊武汉《通俗文学评论》1993 年第 1 期

致严歌苓[①]（谈《人寰》）

歌苓：

你好。过年的几天里，总算有一个把手边紧要事情放一放的借口，虽然不免人来客往，却也因此有了最让人愉快的事情：读完了你发表在《小说界》上的长篇小说《人寰》，一直是断断续续地读着，而你在小说中断断续续的叙述口气正好应和了我的阅读节奏，我似乎也变成了那个缺席者心理医生，一杯清茗，听着病人用英语讲着自己以及上辈人近似天方夜谭的经历。但我终究不是那个对陈述者的国度及其文化背景一无所知的职业医生，我不会冷漠地倾听这一切来自几十年风雨交加的国家的人所经受的心理扭曲与精神折磨的痛史，这时候的倾听也是经受——身经其历而且有所感受。我作为一个在本土文化传统浸淫长成的听众不能不对这场故事引申出近于固执的自我理解，而那位英语叙事者——我不知道包括不包括你直接的经验成分，这对小说艺术的成就来说无关紧要，——则是一位操着不

[①] 严歌苓，当代作家，后定居美国。

纯熟的英语的45岁的中国女子,向心理医生叙述着中国发生的故事,显然她的英语叙事与被叙的故事之间生长着有趣的差异,这差异又因我的介入变得更加夸张,我的阅读几乎是在与叙事者的英语进行一场理智上的较量,它的结果使我意识到我们各自为理解而战的真正启动力,正是一种永恒的文化差异,以及进而形成的理解上的张力。面对这样的文化差异,我惊喜地发现了这部小说的魅力所在。

你的小说里总是弥散着阐释者的魅力。《扶桑》是一个夹在东西方文化困惑中的青年女子对一百年前同等处境下的女子传奇的阐释,那是不同时间的阐释;《人寰》则是用西方现代文化的视角来审视东方国土上所发生的关于男人间的友谊道德等一系列伦理原则,是不同空间的阐释。《扶桑》是一个女子对另一个不相干的女子的阐释,叙事者承担了纯粹旁观者的角色;《人寰》则是由叙事者自己来叙述自己的故事,叙事者担当了叙述代言人,叙事者只能按她涉世不深的西方观念,用她不知轻重的英语能力在表述她对自己故事的西方式理解,那么,作为被叙述的对象,它是以怎样的方式来展开自己,并揭示出本相与叙事者之间的差异呢?历史不会言说自己,更不能展示本相,唯一的承当者就是作为读者的我,一个与故事处于同一文化环境中的我,对这叙述对象所持的另外一种理解和阐释。当然我揭示的也不是什么本相,不过是利用小说提供的特有的叙事缝隙：叙事者的用词不当或者言过其实，来揭示隐藏在小说文本内部的两种文化背景的冲突可能。所以我觉得读这部小说是一场角力的竞斗，这使我感到兴趣。

更有意思的是小说依然用叙事者的母语来表现，似乎又隐藏着一个翻译者，把叙事者的英语陈述翻译成中文。小说出现了双重叙事的形式：故事—英语叙事—母语翻译，你就是那个隐形的翻译者，你与叙事者的角色分别开来，你只是翻译了一份病人自述的病理报告，并且如实地译出了叙述者的语调和用词。你掩盖了自己在小说里的真实身份，而且掩盖得多么巧妙。现在我可以把作为翻译者的你搁在一边，专门来对付那个叙事者，一个精灵般的跨越了两种语言的女人。在小说里，叙事者的叙述里交错着两个故事：一个是关于两个中国男人之间的恩恩怨怨，它透视出几十年来中国式的政治文化对传统伦理的渗透和影响；另一个是关于从 8 岁到 18 岁的女孩对成年男人的暧昧情欲，似乎是一个对应了洛丽塔的故事，挖掘到少女的无意识层次。我首先感兴趣的是第一个故事，对于它的阐释的多义性里包含了我所说的两种文化语言的全部冲突。叙事者用她的半生不熟的英语去描述一件古老中国的传统友谊——援救与报恩的故事，这里既有政治压力下的互相利用和援助，也有偶尔突破了伦理范畴的利己心理和以怨报德，以及随之而来的永远的忏悔。但，如果仅仅是这么一个略带一点陈腐味的君子与侠义的故事，这部小说的精彩魅力远不能展开，叙事者的魅力在于用她的西方式话语不知轻重地把这个故事重新叙述了一遍，终于使它面目全非，人性的深刻袒露也就在这超越了伦理的是非界线中完成了。

不知道我对这两个男人的故事作出这样理解你是否能表示同意，也许你早已参与了叙事者的叙述陷阱，早已与叙事者站到了同一立场上准备对这段历史发出控诉。不过我还是被你所写的两个男人间的伟大友谊所打动，一种滴水之恩涌泉相报的友谊传统，一种"度尽劫波兄弟在，相逢一笑泯恩仇"的男人风格和男人气度，以及对那偶尔露出的卑琐人性所持永久的悔，都相当感人地从你的笔底流露出来，证明着你的骨子里依然荡漾着东方传统文化的回声。但这一切也许正是你的叙事者想回避的，但终于没有能彻底抹掉它们的痕迹。这两个男人，一个是"革命知识分子"、作家贺一骑，另一个没有名字，只是以叙事者的"爸爸"身份出现的，这是你的刻意安排，因为这个人不需要名字，尽管他写了一百万字的洋洋巨著，但发表时候用的是贺一骑的名字，他是个隐身人，隐在贺一骑的背后默默地存在，才会有安全活着的机会。小说多次象征性地提到博物馆前面那座缺少"革命知识分子"的工农兵雕塑，而真正的知识分子在那个时代只能是以缺席的方式存在着。你对于贺一骑这样的作家处境比我要熟悉得多，叫作工农作家。它是由一群来自工农和部队、有过一些战争的或者其他实际工作的经历，并且对写作十分爱好的人组成，他们接受教育的程度很低，知识修养不够，但这都不妨碍他们成为一个作家，因为那个时代需要他们这种特殊身份，而不是他们的才华，为了使他们成为作家，并身居文艺工作部门的要职，可以通过组织手段让别的虽有才华却不是工农出身的知识分子来为他们修改稿子，甚至也有捉刀代笔的，如小说里贺一骑让人代他写作那样。这并不排除"工农作家"中也有比较勤奋而终于成材的例子，也不排除其中有的人仍然具有高尚的个人品质，这种心怀叵测的文艺体制和文艺政策，使这些"作家"渐渐地失去了原先在泥土般的生活中生成的朴实禀性以及对文学的诚实态度。他们虽然存在着，但说的并不是他们嘴巴里讲出来的话，写出来的也不是真正他们能写或者想写的作品，他们在被人代劳中渐渐地失去自己，也成了一个在场的"缺席者"。这两个男人间的关系，本来就是在这样令人扫兴的时代里一种令人扫兴的关系，欺骗和虚伪都是时代绘在他们身上的斑纹，没有任何动人的地方，可是在你的叙事者的叙述里，这种公事公办的协作关系渐渐地变成一种精彩的反叛合谋，他们偷偷摸摸地导演了一场关于报恩与背叛的人间喜剧。

叙事中的贺一骑不再是坐享其成的获益者，他在一场政治运动中保护叙事者的"爸爸"免于灭顶之灾，这种灾难意味着知识分子被剥夺了做人的合法权利，家破人亡，他的名字也将像任何不祥之物那样可耻地消失。这位被保护者出于感恩主动为贺一骑写作一部百万字的长篇小说，为此他花了整整四年的时间。书出版了，当然是署贺一骑的名字，而这位有才华的捉刀者整整四年的生命痕迹被轻轻地抹杀了。其实，在文化专制的东方社会里，知识分子匿名写作是不值得大惊小怪的事情，正如万里长城的建造者没有一个留下了自己的姓名，苏联时代的巴赫金就是一个著名的例子；或者是另外一种情况，出于感激、尊敬、责任等伦理上的需要，如学生匿名为自己的老师整理文稿，亲友同志间的无私的脑力合作，等等，在中国文化传统里都能找到相应的例子。写作者会因为自己的劳动通过曲折的方法终于面世感到欣慰，而不在乎个人荣誉的得失。小说中那位叙事者的爸爸的写作动机出于报恩，为自己的弭祸消灾而牺牲四年的时间和才华，以报朋友的知遇之恩，这正是在东方文化传统中被传为美谈的一段文坛佳话。但是"文化大革命"使一切都改变了：贺一骑突然被命运抛弃，成了人人批判的目标，而那位原先的感恩者，半是急于摆脱自己与贺一骑的干系，半是多年压抑在心头的委屈，他做了一件不可原谅的蠢事：当众打了贺一骑一记耳光，从而暴露出人格上的缺陷。报恩者变成了背叛者，于是他受到了道德的谴责，落进了永远的忏悔之中，以至在"文革"结束后他为了获得贺一骑的谅解，重新当上了贺一骑的捉刀人……我这样重复叙述这两个男人的故事你一定会感到厌倦，你还会争辩，这不是你在小说中所期待表达的东西，你用你的笔尖锐地挑开了蒙在这个故事上的友谊面纱，从中发现了人性的扭曲和丑陋。你让你的叙事人无情地揭露他们关系中的卑琐动机：贺一骑的侠义行为成了他借助政治权力和手段来控制、利用进而剥夺他人劳动的老谋深算；那位叙事者的爸爸的报恩行为也相应地变成了对政治保护伞不失时机的利用，以及不惜蒙受人格伤害的委曲求全。所以你才会说，他们之间的亲密中，"向来就存在着一点儿轻微的无耻"。

这"无耻"两个字用得很特别，我后来知道你很习惯用这个词，你把一切稍有点不自然不诚实的事情都用"无耻"这个词来形容。但你用在这里却是很传神，传达出你的心迹和理解。本来是一个在东方文化传统中可以传为美谈的事件，被你轻轻地重写了一遍，并指出了这种人际关系里到底是缺少了什么。政治对伦理的渗透当然是所有一切的前提，但从人性的立场上说，这种关系在本质上缺少了某种对人的自身尊严的自觉。这里我想提一下小说里的第三个故事：关于叙事者到美国后与舒茨教授的婚外恋情。这个故事虽然写得没什么特别之处，但从小说结构上说，它成为前二个故事的必要呼应。叙事者与老年教授相爱的困惑不仅成为她去心理门诊接受治疗的原因，而且被诱导出其少女时代的变相恋父情结。更有象征意义的却是叙事者与美国教授的爱情关系中始终渗透了一种不平等的关系，一个人接受了这样的关系也就变得不再"正常"（这是你用的词汇，也可以置换成"人格的健全"等）。这种不平等的人际关系折射出两个男人之间的关系，于是叙事者痛心地反省：她"无法破除我爸爸、我祖父的给予。那奴性、那廉价的感恩之心、一文不值的永久的忏悔"。你让我注意到这些话是叙事者用不纯熟的英语来表述的，纵然言重也是无辜的，所以在另一处她把自我谴责的范围又扩大到"良知"和"疚愧"。其实这远不是语言造成的差异，真正的差异来自叙事者刚刚接受而充满了新奇感的文化，也可以说是西方传统下的个人主义的文化观念。用一个年轻的朝气蓬勃的个人主义者的眼光来看老大中国充满着黑幕和恩仇的人际关系，必然会让人哑然失笑：你们在搞什么名堂？叙事者是过来人，当她用一种新的人生观来反省自己生命历程中的旧经验时，她发出激愤之言是理所当然的。这种激愤之言也就成为她叙述这个故事的出发点。

　　年轻的文化，年轻的语言，虽然充满批判性，却又是简单化的批判，它不足以解剖一个盘根错节的古老文化积淀。就以那位叙事者所抨击的几种人性的缺陷来论，除"奴性"的现象可以有多种理解以外，其他词——诸如"感恩""忏悔""良知"等，都构成了凝聚东方文化心理的主要成分。如忏悔，我从不认为是人性的缺陷，在古老的西方文化里，它是人性显示自身魅力的特征之一。我自小就被《牛虻》里蒙泰尼里主教的忏悔形象所启蒙,对人性的错误产生过深深的迷恋,我相信一个不犯错误的人是长不大的人,犯了错误而不知改悔的人是心底阴暗的人,唯有懂得忏悔的人,尤其是男人,才算得上成熟的坦荡,才会小心翼翼珍爱美好事物,才能散发出人性的力量。但在一个以人性的快乐为宗旨的浅薄的现代文化观念里,沉重的因素往往变得可笑,所以在这位叙事者的叙述里,她的爸爸性格里某种高贵的因素和悲剧性的魅力被漠视了,成了一个口是心非、为了眼前的处境不得不牺牲本性所愿以至人格分裂的形象。这就是差异,不仅仅是我与你的叙事人之间在理解上的差异,更重要的是小说文本叙事的文化视角和故事自身包容的文化内涵之间的差异,人性在这种差异中得到了透视,立体地展示了它的复杂性和多义性。这毕竟是一部纠缠了几十年政治风雨,包容了难分难解的伦理因素的东方男人的精神史,让一把个人主义的小刀在上面划出了一道道口子,流出的人性汁液竟是如此的鲜活斑斓。

于是我感到了震撼,一种绵绵的无尽头的悲哀徘徊在两种无法沟通的文化语言之间,永远会有差异,会有隔阂,以及纠缠这差异和隔阂而生的人性的丰富与饱满。

……一口气写到这里,我心头仿佛有了轻松的感觉,随之而来的是微微的疲惫。本来还可以写下去,谈谈小说的另一个很精彩的故事，即那个小女孩在生命生长过程中时隐时显的性的觉醒，以及对中年男子的若有若无的亲恋。你把这个兴妖作怪的女孩写得极好，让人想起纳博科夫笔下的那个洛丽塔，8岁、10岁、11岁……18岁，每一个阶段都有回味无穷的精彩描写。不过我不以为叙事者在叙事中一再提到弗洛伊德理论是适宜的，一个病人不应该是读了弗氏的书再去接受暗示式的自我分析。从整体结构上说，11岁的小女孩在火车上遭遇的性的感受作为全部心理治疗的病因似乎是叙事人早就安排好的结局，这就违反了被暗示的逻辑，而且这个事件的严重性也不足以成为病因的理由。合理的解释是那位叙事人到最后仍然掩饰了病因的真相，让它从轻发落了。那么，与其会是这样，倒不如你让病人到 TALKOUT 的最后阶段，快接近病因时戛然中止了治疗，就像那位著名的少女杜拉一样，反倒能留下更加耐人寻味的结尾。就写到这儿，祝你也过了一个愉快的新年。

陈思和

1998 年 2 月 4 日于黑水斋

初刊台湾《中央日报》副刊 1998 年 4 月 3、4 日

原题为《人性透视下的东方伦理》

致严歌苓（谈《扶桑》）

歌苓：

你好！春节后给你一信，谈的是对《人寰》的印象，因为刚刚读过，比较新鲜，也就抢先说了。当时曾想谈点关于《扶桑》的想法，又怕三言两语讲不清楚，所以开了个头就没有说下去。其实对《扶桑》是早有所思，有所感，但几次想写一点东西，都是提笔写几句就放了下来，不是没有话说，而是很难说清心中对《扶桑》的感受。我几次读《扶桑》，一次是在出差到东北的路上，读的是国内华侨出版社的版本，一边读一边叹息不止；另一次是在台湾的南港中央研究院，窗外下着瓢泼大雨，我静静地读着联经版的书，又想得很远，但两次都没能把这些想法写下来。这次你来信说《扶桑》将搬上银幕，想听听我对改编这个作品的建议，我想这次不能不写了，好在谈《人寰》时已经找到了关于小说叙事的切入口，把叙事者与作家分了开来，依这个思路，有些话比较容易说出来。

这部小说的成分构成相当复杂，它有传奇性的成分，一百多年前在旧金山淘金热中的中国名妓的故事，本身就够好看的，何况还配上了大侠似的英雄角色，英雄美人的陷阱时时刻刻埋伏在创作路上，一不小心就会掉进去；但另一种结构又像建筑上的脚手架，硬是框住了砖石似的情节，使它掉不进去。那脚手架就是小说的叙事框架。我在上次信中说到过，《扶桑》是一个夹在东西方文化困惑中的青年女子对一百年前同等文化处境下的女子传奇的阐释，那是不同时间的阐释。这种对一百多年来中国移民在美国所遭遇的文化上的差异和隔阂，永远是一个深刻而敏感的话题，你的叙事人以自身的经历（心理和文化构成的内心世界）去感悟一个百年前的妓女，让我体尝到一个文化上几近宿命的悲剧，为之战栗不已。这种以东西文化背景为框架的通俗传奇的结构使小说发散出多样的效应，使它成为一部奇特的小说。

与结构相应的矛盾是叙事人的立场，她是一个被中国大陆的洋插队潮流裹挟到大洋彼岸，又嫁了一位白人丈夫，在美国定居下来当了作家的"第五代移民"，她以自身的地位处境来理解百年前中国名妓的遭遇，是怀了非常复杂的心态。她以160册有关圣弗朗西斯科唐人街的史料书为依据来描述名妓扶桑的故事，而这些史籍却是在白人史学家们不可思议的眼光下写成的，很难考究其真实的程度。还记得在那次怀柔举行的作品讨论会上，你告诉我小说里所记载的那些不可思议的细节都是真实的，因为它们来自史书，我曾反问你，那么史籍上所说的是否就一定真实呢？你没有回答。我至今仍抱着以上的想法，就是那位叙事人依据了白人史学家的观念来描述扶桑这个东方之

"谜",其"谜"是对白人文化而言的,那种既蔑视又好奇的眼光,是小说所具有的传奇色彩的根源。它充斥了西方人满是误解和猎奇的眼光:中国女人的三寸金莲、中国男人的粗辫子,还有黑幕、凶杀、贩卖人口,以及半人半兽似的大侠。但是你的叙事人是个悟性极高、感觉又异常敏锐的作家,她凭了来自文化血缘上的天性,非常深刻地感受到扶桑作为东方女人的全部美丽,而这种美丽正是与她与生俱来的文化紧紧连接在一起的,这又违反了史学家们的种族优劣论的观点,不知不觉出现了立场的游移。有一个细节你以后改编剧本时一定要用上,就是在美国白人办的拯救会里,扶桑获得了"新生",穿上了麻袋片似的白衣服,从小洋人克里斯眼里看来,她正在被拯救,可是作为让人神魂颠倒的女性魅力也全然消失。直到有一天扶桑从垃圾箱里捡回那件被丢弃的污秽的红裙子,克里斯对她的感觉又回来了。这当然不能被解释成女人的魅力必须来自淫荡,也不是说扶桑天生是妓女的料,这里包含了某些民族特有的审美特征:某种东西,在一个民族眼光里是可怕魔鬼,在另一个民族中却是生命本质的体现。在文化的较量中,处于弱势的民族没有阐释权,但它应该有存在的权力,在自己身上得到保护,并且展示它的魅力。

我是把握住这一点才进入了叙事人的视角:这位中国叙事者一方面接受了白人史学家所提供的材料和观点来描述扶桑为代表的"第一代移民"在美国的遭遇,这种遭遇是通过他们全部的

"猎奇"文化及其生活方式所构成的。但另一方面,出于同一民族的文化承担者,虽然时代已经改变了中国文化的精神面貌,但她仍然能从已经消失了的传统中感悟到它的全部魅力,即东方民族文化的真正精魂所在。要把这种文化精魂与传统中嗜痂成癖的保守阴暗心理区分开来并不容易,有时仅仅出于精神层面的高低而言,所以扶桑不可模仿,她是一个浑然天成元气充沛的艺术象征,完全摆脱了作为一个具体的东方妓女身份承担的艺术功能。我读过一篇评论,把扶桑比作是"大地之母,用湿润的眼睛慈悲地注视着她遭周的世界,一个充满了肉欲官能的低能世界。"我觉得后面的解释似过高,但这个"大地之母"的比喻却有点意思。扶桑与你笔下的其他艺术典型如少女小渔一样,其所证明的不是弱者不弱,而是弱者自有它的力量所在。这种力量犹如大地的沉默和藏污纳垢,所谓藏污纳垢者,污泥浊水也泛滥其上,群兽便溺也滋润其中,败枝枯叶也腐烂其下,春花秋草,层层积压,腐后又生,生后再腐,昏昏默默,其生命大而无穷。不必说什么大地之母,其恰如大地本身。大地无言,却生生不息,任人践踏,却能包藏万物,有容乃大。如把扶桑仅仅作为一个具体的妓女来理解,那就缩小了她的艺术内涵,扶桑是一种文化,以弱势求生存的文化。我曾经非常感动于斯皮尔伯格导演的《辛德勒的名单》,它的感人之处不在同情犹太人或者谴责纳粹,这已经是许多人都表达过的,而在那部不朽的影片让我感受到的是一种拯救犹太民族于千百年劫难之中的文化精神，那就是我在《扶桑》中所看到相类似的弱势求生存的文化精魂。犹太民族是全世界最不幸的民族，但它的文化却表达了最高的人类智慧，犹太人一点也不轻薄地嘲弄自己的宗教和文化传统，尽管它在野蛮的民族优劣论中受尽了难以忍受的侮辱。我想我有理由这样来期望你，将有一天在中国人拍摄的《扶桑》这部影片中，看到一种真正属于东方弱势文化的生存力量。这一点你是最有希望做到的，你的叙事人对扶桑的许多理解和阐释都是充满新意的，如关于海与沙的比喻，虽是明喻男女求欢之两者关系，却暗喻了弱势文化的真实力量，实在是很精彩。

出于这样的想法，小说中那个叙事人的角色是至关重要的。我所说的结构上的矛盾，在你改编电影时一定也会表现出来的。若少了叙事人的眼睛，电影很可能会落进英雄美人的俗套，色情暴力、展示丑陋的因素也会使影片的格调降低，更何况，扶桑基本是个被言说者，她没有很多的语言来表达自己，需要由一个叙事人去言说她。如果影片将故事置放于一个叙事框架里，使叙事人直接出镜，让人物从她的创作中获得生命，从稿纸里复活起来，与叙事人直接对话，许多精彩的议论与展示，都可以由此产生效果。布莱希特的叙事风格似乎是可以参考的。同时，在这样的叙事结构里，我还有个潜在的想法，即能否在增加叙事人的故事时把叙事人的生存处境放在一起加以表现，使叙事人与被叙述的扶桑之间相互对照，并引起更多联想，使之构成一个阐释空间。那位叙事人在与白人丈夫的婚姻中发现两种文化背景之间真正沟通的困难，现代东方人在文化认同上已经远远超越了祖先的文化保守精神，但他们是否已经克服了自身文化困境，而且，相比之下，他们所承担的文化精神比起祖先们又有多少优势？这些抽象层面上的探讨都是值得深思；再回到具体层面上说，弱势文化下的新一代中国人在现代文化的交融与撞击中，究竟继承了怎样的遗产？作为妓女的扶桑某种意义上也成了子孙们悲剧的征象，这一点，《扶桑》已经很深刻地触及到了，我曾被书中关于"出卖"的议论所击中，直到今天，在我重读这段议论时还感到心灵的颤痛，那位叙事人既是对扶桑也是对自己说：

人们认为你在出卖，而并不认为我周围这些女人在出卖。我的时代和你的不同了，你看，这么多的女人暗暗为自己定了价格：车子、房产、多少万的年收入。好了，成交。这种出卖的概念被成功偷换了，变成婚嫁。这些女人每个晚上出卖给一个男人，她们的肉体像货物一样聋哑，无动于衷。这份出卖为她换来无忧虑的三餐、几柜子衣服和首饰。不止这一种出卖，有人卖自己给权势，有人卖给名望。有人可以卖自己给一个城市户口或美国绿卡。有多少女人不在出卖？——难道我没有出卖？多少次不甘愿中，我在男性的身体下躺得像一堆货？那么，究竟什么是强奸与出卖？

这种辛辣与沉痛曾让我动容久久，我真的仿佛听到了一个灵魂的呼喊。这不仅是对现代人作耶稣似的嘲讽：你们谁有资格用石头去打这个女人？从某种意义上说，扶桑的象征性不仅涵盖过去的时代，也包含了现代。不说了，正是为了这一点，我迟迟地不能提笔写出这篇读后感。本来还想说说克里斯和大勇，这两个男人是扶桑的对照与视角，尤其是克里斯，他对扶桑充满善意的误解正表明了文化的沟通是多么困难。但写到上面一段议论后，我突然感到意兴阑珊，还是放一放，待有机会再谈吧。我最近看了一部美国电影，叫《密西西比马萨拉》，拍得真好，写一个从乌干达漂流到美国的印度家族与当地黑人家族之间的婚恋纠葛，但笼罩影片的是充满漂泊感的弱势民族的悲哀，他们在一种优势文化面前都是无家可归的人，像一首浩浩汙汙的长诗，汹涌地起伏在沉默的大地上。不知你看过没有，听说那导演是个印度人。就写到这里，祝《扶桑》的改编能够成功。即颂

时祺！

陈思和

1998年5月8日

初刊北京《文艺报》1998年5月14日

原题为《关于〈扶桑〉改编电影的一封信》

致娜朵[①]（两封）

（一）

娜朵：

那天我在你的作品讨论会上的发言，因为是即兴的，现已回想不全了。今天又重新读了一遍小说，大致的感觉与初读时没什么两样，就写给你，也许可以作为你以后写作的参考。

我读过的小说是《爬满青藤的窝铺》《狗闹花》《魂毛》和《绿梦》，比较喜欢的是后两篇，第一篇编故事的痕迹太重，第二篇虽然单纯一些，却缺乏新意，故事写的是拉祜族与汉族青年男女的婚恋故事，既然涉及到两个民族之间文化和风俗的比较，就应该放在平等的地位上展开，不要写拉祜族比汉族优，也不要写汉族比拉祜族优，只有用平等的眼光才能真正地写出民族文化的意义来。《狗闹花》意思很好，是对妇女在民俗中所处地位的反省，但因为故事是从娜莫托本人的角度展开的，她

[①] 娜朵，拉祜族作家，曾在复旦大学作家班进修学习。

嫁了一个"坏人",这就把许多意义简单化了。

我对拉祜族文化一无所知,所以无法从民俗的标准上来要求你和衡量你。但我想,一个少数民族作家的成功标志,往往是能够恰到好处地把自民族文化特点与时代的步伐结合起来。那天讨论会上骆玉明老师说了一个观点值得重视,他说落后与文明之分其实是一个价值观的分别,没有绝对的意义。一个从深山跑到都市的人,难免将自己所处的生活环境和文化环境与大都市的文化生活作比较,这很容易会生出两种情感偏向:一种是为自己拥有了某种民族文化的独特性而骄傲,对现代都市的流行色投诸鄙视的目光;另一种则相反,完全投入到现代文化之潮,在潮流中失却了衡量自我的标准。这两种心态都有偏颇,尽管在当代小说中它们都有发展的趋势。

我以为民族文化反映在艺术上应有两种不同的价值参照:以物质文明为标志和以精神审美为标志。从前者来说,当然有进步与落后、文明与野蛮之分;从后者来说,每一种文化都有它自身的审美特性,在美的意义上没有高低之分,也没有先进与落后之分。小说作为一种艺术,它不是历史,一个小说家在自己作品里所要展示的,是"美不美"的标准,而不是"对不对"的标准。照我的理解,任何民族文化中凡是自由的或者是向往自由的因素总是美的,因为它与人性冲破各种束缚的本能要求联系在一起。反之,约束自由、压制人性的,总是丑的,不管它来自哪种民族传统。譬如汉族过去有缠足的陋习，它摧残妇女的身心健康，尽管在一个时代里也许作为美的标志，但究其本质说是丑陋的；而云南少数民族有不少传统的民间活动（诸如对歌、泼水等）中，青年男女以此作为一个自我情感释放的周期性节日，可能在今天的汉民族观念看，有许多不合道德的现象，但因为它表达了青年男女对人的（或指生命形成）自由自在境界的追求，无疑是美丽的。因此，你在创作中涉及两种民族文化差异的描写时，不必处处以民族的世俗观念为准绳，更不要对自己民族传统的有些审美习惯作任意的价值判断。

譬如《魂毛》。我不懂民俗学，也从未看到过拉祜族妇女的"魂毛"，因此不作具体的评说。只是就你小说提供的信息看，"魂毛"作为一种文化符号，具有我前面所说的两种含义。它在审美上无所谓美不美，因为从汉民族的审美习惯看，可能"鸡窝头"比"魂毛"美，在拉祜族传统看就是"魂毛"比"鸡窝头"美。但小说写它的文化内涵是反映了已婚妇女对"男人"的守节，从这个意义上看，它的美不美并不是靠"镜子"所能反映的，它自有另一种象征的意义。因此我觉得你在小说结尾写娜鲁与小贩在一起生活，而不再为那个"男人"扎勒守节了，这样的处理比较有意思。《魂毛》反映的是一个与"狗闹花"相似的内涵：是拉祜族妇女对自由的向往，是对传统观念的一种冲破，无论汉族还是别的民族，有着共同性的意义。

最后我想说说《绿梦》。这个故事写得比较漂亮，编故事的痕迹基本上消失了。由于故事的传奇性没有了，就突出了故事叙述的本身特点，你抓住老猎人扎七弥留之际的恍惚意识，表达了一个很有意思的问题：即在现代文明进展过程中，一种民族生活方式的处境问题。在我看来"绿梦"意象没有带来多少新意，小说中值得注意的是老猎人与他的私生子的一场对话，老猎人以狩猎为民族的骄傲，他的整个人生价值观念都是与民族的生存方式联系在一起，他骄傲了一辈子，但他万万没有想到他的儿子接受了现代文明的教育以后竟然拒绝狩猎生活，提出了要与动物共同生存在一个空间的理想。这无疑是现代人保护自然资源的思想原则，是一种社会的进步。但这种进步是否意味着一个古老民族生存条件的丧失，意味着一个民族的整个价值观念的改变？扎七的死，其实是一种绝望，他为他的民族的古老生存方式作出最后一次的悲壮告别。你在处理这个场面上使用了一系列意象，如挂在墙上的兽骨、被烟熏黑的屋顶等等，渲染了这种悲壮气氛，是很不错的。可惜的是你没有把这种绝望的氛围写透，所以作品还是没有达到它本该达到的力度。

这种遗憾不仅是你的功力不足，还在于你对这样的题材还缺乏充分的准备，你选择"绿梦"作为老猎人弥留前意识中的主要意象，是很不够分量的。"绿梦"所指的，只是一次野合，一个浪漫的梦，它无力承担起民族悲剧意识的巨大内涵。其实，你来自深山老林，应该直接面对大自然，在你们民族传统的生存方式中去寻求它的象征物。我可以向你推荐一部小说，是台湾诗人林耀德写的长篇《高砂百合》，小说中有一个片段写到了民族的衰亡。他写了一个少数民族头人（也是民族英雄），在临死前面对一座猪牙山，把山视作是民族历史过程的见证，在昏迷意识里他与山缓缓对话，写出了一个民族生存方式曾经有过的光荣和不可挽救的衰落。如果有机会，我希望你去读读这部小说，可能会对你有帮助。

听说你是拉祜族第一个作家，我很高兴看到你的创作有进步。从目前你的创作所取得的成绩看，虽然离真正的文学艺术标准还有距离，但势头可喜。希望你谦虚、好学，不要被大都市表面呈现的繁荣所迷惑。一个优秀作家，一要学会继承中外文学的遗产来扩大和丰富自己，二要深深地沉到本民族的土壤中去，寻找个人的独特感觉和独特表现方式。——这虽然是老生常谈了，不过我觉得对你还是有用的，希望你创作出更多的好作品。

1992年6月26日于复旦

初刊昆明《边疆文艺》1993年第4期

原题为《谈〈魂毛〉〈绿梦〉及其他——致娜朵》

（二）

娜朵：

记得四年前在复旦大学举行你的作品讨论会，会后我给你写过一封信，谈了我对你的作品的看法。当时我在会上看到你被献花和赞美词所包围，稍稍有点担心，怕的是现在有些传媒操作风气不好，一个有才华的年轻作家，往往容易被商业化的市场"炒"风"捧"风刮得昏昏然而放松了自己，创作自然也很难进步，所以在四年前我给你的信中，我故意多讲了一些关于你的作品如何提高的问题，希望你在今后的创作道路上保持良好的竞技状态。不过现在看来我当时的担心完全多余，你离开复旦不过三四年时间，却获得了引人注目的成绩。你没有成为一个被现代传媒包装的流行作家，倒是脚踏实地地回到自己的民族怀抱，充分吸吮来自民间土壤的营养，在短短几年里你写出了一部报告文学集、一部小说集和收集整理的拉祜族民间文学作品集，从反映最直接的现实生活到收集古老的濒于失传的民间传说，你为生养你的民族文化自觉做出了大量的劳动，所以当我先后收到你寄来的三种书后，喜悦的心情油然而生。

我很喜欢由你主编的《拉祜族民间文学集》，读着一篇篇标明"某某讲述""某某整理"（而你又是其中的主要整理者）的故事、传说、民歌、史诗作品，我不但从文字中看到了拉祜族源远流长的文化之根,也似乎看到你和你的伙伴们为整理民族文化遗产出没深山小寨焚膏继晷的工作精神。我对拉祜民族的文化原来并不了解,但从你们整理的文献中看到一种远古的民族精神在你们朴素活泼的文字里得到复活,再现出拉祜文化的独特风貌。譬如说,你说拉祜族的信仰现在主要是基督教,这自然是后来传入的,从民族史诗《牡帕密帕》的创世故事看,与基督教上帝创世的故事差异很大。史诗里的最高天神(主宰)厄沙很少露面,具体操作创世工作的两位天神扎多和娜多,他们身上并没有多少神性,倒更接近人类祖先筚路蓝缕、克服种种困难的形象,史诗里不断出现这样一个有趣比喻:两位天神遇到困难无法解决,只得苦苦思索,结果"瘦得像头发一样细""瘦得像脚毛一样细",天神常常没有什么神威,像人类一样面对自然界束手无策。还有,根据拉祜民族取名字的习惯来看,这两位天神正是一位男性和一位女性,这与上帝创世由单性演变成双性的故事(如基督教创世记里女人是由男人的肋骨制成)也不同,甚至葫芦里造出人类时,也是一男一女同时诞生。还有,从一些传说和史诗里我也看到了拉祜民族独特的处世态度。在这些文献里,拉祜族人民始终以独立的态度与代表强权的天神、武力、知识话语等等保持着距离,他们用漫不经心的幽默方式拒绝天神厄沙的恩赐,包括权力、知识、财富和福气;英雄史诗《扎努扎别》里的英雄,也不像其他民族的英

致娜朵(两封)

雄史诗的主人公那样必然有着非凡的出生经历，代表着天的或神的意志等等，扎努扎别只是一个人间的英雄，他代表了拉祜人民的利益来反抗最高天神厄沙的意志，最后被天神用卑鄙的手段害死。……我在民族史诗研究领域是个外行，虽然有着浓厚的兴趣，但说多了仍然会贻笑大方的。在这方面我倒是对你寄予希望，你既是拉祜族第一个女作家，也应该有信心成为拉祜族的第一个女学者，为整理研究和宏扬自己民族的文化宝藏做出贡献。你所整理的民间文学作品只是一个很丰富的文本，透过它你也许会发掘出许许多多关于这个民族的历史内容和文化内容。

你以作家的身份参与并主持了对自己民族文化的整理，其产生的影响必然是双向的。拉祜族没有自己的文字，其历史文化是靠拉祜人口口相传保存下来，现在你们用文字从老人口中抢救并复活了这些民间文学作品，不用说这是功德无量的工作；同样，你作为一个拉祜族的年轻作家，这些民间文化的养料也给你的创作带来了丰富的营养。在你的小说集里，我几乎看不到当代小说的流行话题，也看不到一些时髦却相当媚俗的生活场景，你的笔墨始终落在民族的土壤之中；狗闹花、蕨蕨草、魂毛、耍药、猎虎……涉笔所至全与拉祜民族的生活意象关联。如《耍药》，写的是乡间男女由恋爱到婚姻、再进入琐碎的日常生活期间的心理变化过程，但你以"耍药"这一民间传说为线索去展开故事，使写实的生活内容变作一则民间传说，美丽而且耐嚼。《猎虎人》也是一个写得很漂亮的民间故事，如果我事先没有读过你编的《民间文学集》，如果我用一般评论小说的标准来看《猎虎人》，我也许还看不出它的许多特色，但我现在知道"拉祜"的原意为"猎虎者"，你通过两代猎虎人的生活场景，将民族的历史、风俗、传说、文化心理等等因素都揉进故事里，可以说是你用文学语言为拉祜民族写了一篇动人的现代史诗。

还有一类作品，你注意到民间文化的传统习俗与现代生活变迁之间将会产生的矛盾。像《魂毛》《狗闹花》《绿梦》都表现了你以现代人的眼光重新审视自己民族中与现代生活观念不相适应的文化因素，如果从短篇小说艺术的单纯性来要求，这几个作品多少都有些处理得不够完善的地方，但从民族的自审精神来看，你对有些艺术场景的展现有独到之处。如《绿梦》中老猎人弥留时关于年轻时代一场恋爱悲剧的回忆，我以前读这篇小说时曾认为你应该把小说的重点放在两代拉祜人对狩猎的不同看法，表现出"大自然与人"的关系的总体思考。现在看来，我这种批评对你来说过于武断了，因为我发现小说真正激起你艺术激情的，仍然是拉祜人的传统的爱情方式，而不是那些关于"重大问题"的理性思考。你写老人昏迷中对年轻时代一场爱恋的回味，确实写得很动人。

在中篇小说《山箐幽幽》里，那个单纯的女孩终于向山寨里的母亲坟告别，勇敢地迈出了走向新生活的脚步；我觉得你像那个女孩，正在向新的生活道路迅速发展。但我相信，一个来自民间的作家，无论走到哪里都不会离开自己的民族土壤，你说是吗？

祝你在文学创作上不断进步。

陈思和

1996年8月8日于上海黑水斋

收入编年体文集《牛后文录》，郑州大象出版社2000年

第三辑

与主编《上海文学》有关的书简选

致萧夏林[1]

夏林兄：

大暑中读兄长篇宏论，如同饮冰，感到透心的凉爽。一本刊物送到读者手里，最担心的就是听到不置可否或者敷衍作颂的声音。兄的肺腑之言将是我今后工作的座右铭。许多批评意见已经成为我修改版式的依据，从形式到内容正在逐步改善。我编刊物没有经验，第一次就没有算准字数，文章上得太多，文字铺得太满，以致留白处与文字面之间显得不和谐。目录的拥挤和版式的不谐，在第 9 期都已经得到了解决。内容部分的指教中，第一、六条正合我意，加强理论批评和抓好短篇小说是《上海文学》的编辑目标，我会花大力气来做。第二条是我故意设计的，我打算每期将有一个主题话题，由"宇宙风"来承担主要部分，同时在其他栏目里作配合，产生呼应的效应。第 9 期主题是纪念李肇正，但我把毛时安的论文放到"学灯"栏发表，也是出于同样的原因。这样编排在效果上是否好，我

---

[1] 萧夏林，批评家，编辑。主编过"抵抗投降书系"《张承志卷》《张炜卷》等。

想在实践中再逐步改进。第三条是由于刊物周期造成的缘故，原来《上海文学》的周期是一个半月，我们约稿是在4月，出版是在7月，有些时尚内容显然无法配合。第四条意见我将放到明年来调整。唯有第五条，我想是要坚持的。据说《上海文学》原来的传统是编辑不在本刊上发表文章，我已经破掉这个规矩，因为我是一个文学评论工作者，我理所当然要在自己的刊物上发表我的理论见解，通过我的理论实践和编辑实践使刊物达到自己所追求的文学理想。"五四"以来，无论是茅盾主编《小说月报》还是胡风主编《七月》和《希望》，都是以自己主编的刊物为阵地，来阐述自己的理论主张和文学理想。过去我喜欢《上海文学》，总是把自己认为最重要的文章交给《上海文学》发表，也产生过较大的影响。如果我因为主编而避嫌不在自己刊物上发表文章，对刊物不也是损失？所以我还是想继续在刊物上发表作家评论和其他理论文章，使这个刊物能尽快体现出主编个人的理想和个人的风格。再次感谢你，希望以后继续赐教。

思和敬拜

致陈村[1]

陈村兄：

读到你的信真是高兴，关于好小说，我会时时注意。读者们对第7期的批评中包容着厚爱，许多意见都希望读到好小说，其实我何尝不是这样想？《上海文学》在二十年前独领风骚，就是因为它敢于率先刊发一批开风气之先的小说。今天想起来令人神往。但在今天，小说创作虽然繁荣，真正在审美形式上能狂飙突起的实在太少。王安忆的《发廊情话》[2]在叙事形式上是有突破的。这不仅是她个人风格上的求变，也是文坛叙事风气到了非变不可的时候了。现在文章写得光滑顺溜、故事写得好看有趣并不是难事，翻开任何一家文学刊物都能读到，可是真正的文学探索精神却失落得干干净净，而在审美形式上敢于向习惯势力挑战的小说，更是广陵散绝。这就是我要把这篇小说置于头条的原因。我想招回这个真正的小说之魂。兄久不写

---

[1] 陈村，上海作家。
[2] 《发廊情话》刊发于《上海文学》2003年第7期，也是我执编的第一期。该小说获得鲁迅文学奖。

小说了，我真心诚意期待你的小说，像《一天》，像《死》，文学史上永远也不会遗忘的短篇小说。

思和敬拜

以上两信初刊《上海文学》2003 年第 9 期

致黄桂元[①]

黄桂元先生：

徐大隆先生把你关于本刊第 8 期"西北青年小说家专号"的意见转给了我，谢谢你对这一期的小说提了很具体的批评意见，因为篇幅限制，我只能把你的结论部分刊出。这样的反应在上海也不少，而且更甚。每一期杂志出版都能听到这样具体的批评，真是令人兴奋，也使我感激。

我对于西北青年作家专号的设计并不是预先设定的，我只是比较喜欢几位西北青年作家的短篇小说。在大都市里，文学照例逃不过市场的检验和书商的法眼，长篇小说在市场上流行，中篇小说在期刊上流行，多少都被商业利益牵连着，水分较多，而短篇小说无利润可赢，只有保持内心的纯洁和技巧的讲究才能获得读者的青睐。过去有人说长篇小说才能作为民族文学的标志，其实在商业社会里，真正体现民族精神和文学审美的标志性的文学样式，我以为短篇小说倒要比长篇更合适一些。文

[①] 黄桂元，天津作家，文学编辑。

学青年如果真的热爱文学艺术，学习小说写作，必须从学习短篇开始。西北青年作家在创作上比较沉静、单纯，对艺术的感觉也显得敏锐和新鲜，他们的缺点是构思比较简单，但简单如果配有纯朴而高贵的心灵，仍然可以成为最好的小说家。大隆先生主动约了一批西北作家的稿子后，我看了非常兴奋，才决定推出这个专号，这样的稿子我还会陆续发表。如这一期季栋梁的小说[1]，我是作为"创造"栏目的头条推发的。我觉得对张学东、石舒清、陈继明、王新军等作家的创作的价值，评论界还没有充分注意到，对刘亮程的创作好评居多，但有分量的评论也不多，我很想认真写一篇综合评论来分析他们作品的艺术追求。艺术与生活是不能同步发生的，也没有先进后进之分，以为生活出现了什么变化，马上就要写进小说里去反映，我以为这不是好的小说家的做法。

像张学东的那篇《送一个人上路》[2]，最尖锐的恰恰是他提出了当今社会不能回避的悲惨现象，当社会转轨了，以前国家给以普通人民的承诺应该如何兑现？现在人们仿佛忘记了五十年前中国劳动人民是以忘我的艰苦劳动与极低的劳动报酬来支持当时的国家政权实现一个新制度的神话，他们的劳动和牺牲，曾经是以相信新政权保障他们未来幸福的许诺为前提的。联系

---

[1] 季栋梁《正午的骂声》，刊载《上海文学》2003年10期。
[2] 张学东《送一个人上路》，刊载《上海文学》2003年8期。

当今农村的实际情况，那位饲养员艰难的死与那位前生产队长的委屈都不能不使我们感到揪心疼痛，由此来认识我们今天的都市洋场以外的真实生活。这样的作品并没有离开今天的生活现实。

我不会拒绝反映现代都市题材的作品。只要是透过表面的生活现象，描写出潜藏在当代生活深层里的一种生存状态的思考与感受，无论是农村边缘还是现代都市的背景，我当然是欢迎的。再次表示感谢。

陈思和敬拜

初刊《上海文学》2003年第10期

致张生[1]

张生兄:

你的建议甚是尖锐,所以大函在我这里放了一段时间,容我深思。有些建议已经付诸实践了——比如"太白",就是一个读者与编者之间互动栏目,不仅仅是编者与读者之间的沟通,更主要的是读者通过这个窗口,可以获得更多的有关杂志的信息。至于你说要加强学院色彩的建议,我会认真考虑,上一期的"太白"我已经说过,《上海文学》是目前唯一的以人文学者群体为支柱的文学刊物,我会珍惜这一资源。现在从事文学批评的力量主要在高校,新的思想和新的成果也出在学院,《上海文学》将会在这方面为他们提供足够的版面。最近杂志社举行文学新人大赛,无论是创作还是评论,主要的作者都来自高校学院,我准备在第12期起新辟"希望"栏目,专门刊登文学新人(主要是来自高校)的作品。

高校学院自然是杂志的希望所在,但我又觉得,《上海文

---

[1] 张生,上海作家,同济大学文学院教授。

学》并不是大学学报，它本身具有很强的社会性和市场性，有影响的杂志一定要贴近现实社会的脉搏，体现普通百姓的当下生活与精神状态，而这一些恰恰是高校学院文化所缺乏的。我不喜欢"学院派"这个说法，觉得中国并没有什么真正的"学院派"。有些人很奇怪，在大学里才生活几天，就立刻想出了一个"学院派"的旗帜，似乎身份、学历和工作岗位都可以成为其夸耀的优势。中国的"学院派"是什么？我指的是那种对社会采取高蹈的态度，在大学教育体制下面安安静静地从事研究，并且自觉地将自己的学术活动与对社会现实的审视分离开来的学者群体。中国过去长期对知识分子的改造运动造成了中国特色的"学院派"，他们的自尊体现在与社会现状保持一定的距离上，而绝不是那些一边厕身在大学、研究所里领工资，一边在文化市场上呼风唤雨穷折腾的所谓批评家。但即使如此，我仍然觉得在中国有比"学院派"这个概念更加开阔的概念，那就是知识分子的人文精神。这体现为一种坚持人之所以为人的道德底线、关心社会发展、关注底层人民生活、嫉世愤俗、把自己的命运与社会的命运紧紧贴在一起的传统，同时他们又有自己的专业与技能，有自己的工作岗位和职业道德，在民间的岗位立场上为社会为专业作出实实在在的贡献。《上海文学》是一个文学性刊物，它只能体现出知识分子的人文精神而不是单纯的学院派精神，它只能立足于社会与文化市场，经受风雨，经受考验，同时在风雨中不断扩大影响，赢得读者的支持和喜爱。如果把《上海文学》封闭在学院里，它自然可以获得一些知音（它排列在许多高校的核心论文刊物名单里），类似一家学报，但是它的社会影响就小了。何况它的创作部分还必须获得社会的认可才能普及、远行。

可以告诉你一个令人高兴的消息。《上海文学》在今年下半年的订数和零售数一直在稳步上升，昨天负责发行的老韩告诉我，连11月的订数也在增长，虽然量不多，但我相信这是个好兆头，因为11月份增订的订户，一定会在明年起成为《上海文学》的永久性朋友。

谢谢你的建议，以后有什么想法也请及时告诉我。

陈思和敬上

初刊《上海文学》2003年第11期

致罗洪[①]

罗洪前辈：

那天的庆典会上，您以九四高龄亲临盛会，实在是让我又惊又喜。我第一次聆听您的教诲，真如春风风人，夏雨雨人。我办刊经验不足，整日里战战兢兢，如履薄冰，唯恐辜负前辈的期望。所以会后特请大隆先生上门再聆教诲，改进编辑工作。您向我推荐《文学报》上艾伟等人的文章，我已经认真拜读，也引起我的思考。我总是在想，一家文学刊物的信誉哪里来？如果刊物真要得到读者的信任，首先就应该要去关注人们所关心的问题，表明自己的态度，发挥自己的作用。在这个意义上，首先是作为一个人——知识分子要有承担的勇气，其次是作为社会舆论——文学刊物要有承担的勇气，然后才是文学的承担勇气。

我最近不断在思考美国的《纽约客》杂志，它作为一家世界性的老牌文学杂志，每期几乎只刊登一篇小说，当然是世界

[①] 罗洪（1910—2017），上海作家，曾经担任过《上海文学》杂志编辑。

级的大家的作品,但是它有大量的篇幅发表社会事件的纪实性文本、对话与评论、文学批评、影评、剧评,反映了世界性的文化动向和知识分子的声音。那些纪实性的作品实在是精彩,令人大开眼界。上海与纽约一样,都是国际化大都市,同样是面向世界的文化潮流,我们怎样来形成一个由我们自己的优秀作家、评论家和社会事件的观察家组成的作者队伍?怎样来体现我们的有所承担和自己声音?我想,《上海文学》应该成为中国自己的《纽约客》。

作为第一步,我想从栏目做起,我主要在抓的"宇宙风"栏目和请王晓明、罗岗两位先生主持的"文化批判"栏目,都希望能够比较充分地发挥这些功能。还希望您不断赐教。衷心祝愿您老人家健康长寿。

晚　思和敬拜

致吕串[1]

吕串先生：

我最近连续在宁夏和上海参加了两个青年作家的座谈会，听到许多精彩的发言。西北不仅有大音，而且有正气，但作家们也有困惑。会上有人说，有人批评他们写西北地区的生活是跟不上时代发展的表现，因为西北生活太落后，写这些生活是20世纪80年代寻根文学的事情。其实，我在推出"西北青年作家专号"时也有朋友劝告我说，现在要抓住生活中的新变化新事物，不能只看落后的生活。我就问这位朋友，西北作家写的生活是不是我们当代的生活？如果我们当代中国还存在着这样的生活状况，作家为什么不能把它真实地描写出来？难道大都市的读者就不应该知道此刻的中国还存在着这些故事吗？读着西北作家的那种浩瀚的生活气息与纯净的审美追求，我感到的是在浑浊不堪的都市文化里闻到一股久违了的新鲜气息，让我能重重地透出一口气。严歌苓对我说，她在美国读了《上海

---

[1] 吕串，上海读者。

文学》第 8 期上红柯的短篇小说，精神一下子就振奋起来，她赞扬说这才叫好小说呢！而现在有多少小说能这样有风骨？文学不是新闻报道，不需要去跟踪社会的趋势，更不需要去赶时髦，发现什么"新事物"。黄陂路上的"新天地"里不会产生文学的新天地。文学更需要的是维护人文精神的根本，某种意义上说，文学是精神生活遭受现实伤害后的自我舔舐，它是悲愤的，也是欢乐的，因为受伤的生命在它的呵护下慢慢地生长。

任何题材，只有写得好不好的问题，没有可以不可以写的问题。但现在流行的都市生活小说，不能让我感到兴奋，我觉得他们的感情非常虚假，即使在现代大都市里，人们遭遇的感情生活也是极为复杂的和多样的，为什么我们的作家就不能把它真实地表达出来呢？当然我并不悲观。我最近在《上海文学》杂志社举办的上海青年作家座谈会上听到多位青年作家的发言，发现他们对于这个城市还是有真实感觉和严肃思考的，他们讲了在上海所遭遇到的令他们震惊的故事，可惜那天时间太紧，没有机会听他们充分的发言。我准备在年底再开一次座谈会，鼓励这些青年们把心底里最美好的感情表达出来。欢迎你也来参加。

你推荐的《鸽子》还没有机会找来读，但我想，对于西方短篇小说艺术的关注是必需的，所以明年第 1 期我们将推出

"译文"栏目,重在翻译介绍。匆匆作复,即颂

  时祺

陈思和敬拜

以上两篇初刊《上海文学》2003年第12期

致林白[1]

林白：

　　谢谢你那么认真地读《上海文学》，并且鼓励有加。你问起陈映真的情况，我可以介绍下：陈映真的小说以前在中国大陆颇为流行，像《将军族》，各种台湾文学选本里一定会选入。陈映真虽然独尊现实主义创作和乡土派立场，但是他的小说非常有现代气息，能够迅速抓住社会变动的某些信息，给以深刻剖析。他作为台湾的一名左翼知识分子，因为向往大陆的社会主义制度而关注大陆的革命理论，而被判刑坐牢，监狱生活使他更加坚定了对国民党政权的批判；出狱以后他从事各种政治社会活动，他创办的人间出版社出版了许多有思想有活力的理论著作，被人们尊称为台湾知识分子的良心。近年他因心脏病创作量锐减，但是每年发表一个中篇小说，通过艺术典型的创造来表达强烈而深刻的社会批判，对台湾文坛仍然充满了冲击力和战斗力。像《归乡》《夜雾》《忠孝公园》都是他近年来最有

---

[1] 林白，当代作家。

影响力的创作，也因此获得"花踪"世界华文文学奖（遗憾的是这些作品居然没有在大陆发表）。他的小说在台湾洪范出版社有六卷本的《陈映真小说集》，在大陆，三联版的《陈映真自选集》只收入他早期的作品。《上海文学》2004年第1期介绍了陈映真以后，很多读者都来信给以好评。最近陈映真应上海作家协会和"新世纪人文讲座"主办单位的邀请，在上海图书馆作了重要讲座，阐释了台湾战后社会发展与文学创作，讲演时几乎是座无虚席，反响热烈。讲稿整理出来后，我还会在刊物上给以介绍。

顺便，《乌托邦诗篇》的主人公是以陈映真为原型的。

你对蒋韵《在传说中》[①]的好评，我也有同感。它对于民间作为文学创作资源的成功尝试将成为我研究的一个极好的个案，叙述从容、气韵贯通、行文优美、想象奇幻，把小说中最美好的因素都调动起来了。近年来我不太喜欢中篇小说是因为中篇的篇幅太容易讲故事，而导致作家的叙事滑向庸俗的社会言情模式，成为新派鸳鸯蝴蝶，而蒋韵的《在传说中》无论在叙事形式和生活内容上都摆脱了时尚的模式，成为一流的艺术珍品。这样的中篇小说，《上海文学》是极欢迎的。《上海文学》一直想登载好的中篇小说，像2003年第12期的彭小莲的《回家路

---

① 蒋韵《在传说中》，刊《上海文学》2003年第11期。

上》和向轩的《寂寞撒的谎》，2004年第1期严歌苓的《白麻雀》，都是我喜欢读的中篇小说，所以推荐给读者。我觉得用较多的篇幅刊登一篇小说作品，一定要有所值而已。

关于文学创作与方言的讨论，我们还要继续讨论下去。下一期还会发表两位学者关于这个问题的意见。这里想先做一个广告。

你的短篇写好了请寄我，很高兴你为《上海文学》写稿，以后有写好的中篇也请先让我读一下。祝新年里创作丰收。

陈思和敬拜

致黎焕颐[1]

焕颐先生：

收到大函就想回信，可是年前瞎忙，乱糟蹋时间，一直拖到现在。新年里，先祝您身体健康，万事如意。

风而欠锋，雅而欠刃。您批评得多么到位！我深以为是。风是民情，雅是诤言，一个好的文艺刊物无非是表达这两种声音，《上海文学》坚持的民间立场正是想达到这一点。但这需要有一个良好的文化环境和创造环境的能力，只有锋不折刃不卷，才能保持尖锐而敏感的战斗力。再者，文学创作是通过艺术形象来说话的，我希望《上海文学》所能达到的境界，就是努力在文学艺术的领域里体现与实践知识分子的人文精神。

记得十年前有一次您与我同挤在一辆公共汽车上，您对于当时我们提倡人文精神寻思而大发感慨，您的许多话我至今还记得。尽管今天的商业环境里，人文精神的说法很为一些社会贤达所厌恶，至今提起仍然是恨恨的，不过我仍然坚持这一点，

---

[1] 黎焕颐（1930—2007），上海诗人。

如果真到了人不知其之所以为人者,那么财富再多时尚再酷亦是枉然。谢谢您的提醒,我会努力实践。再祝

新年好

晚　思和敬拜

以上两信均刊《上海文学》2004 年第 3 期

致张业松[1]

业松：

刘律廷[2]有一次听我在课堂上讲《雷雨》，我照例说了一些同情繁漪的话，下课后她与另外一位同学来与我争辩，她们不喜欢繁漪，一口咬定她是个魔鬼的化身，就像西方的吸血鬼那样死死纠缠周萍，毁灭了这个家庭。我听了甚为惊讶，决定请她们在课堂上公开阐述自己的观点，结果她们在讲台上引经据典，讲得头头是道，而且证据都是从文本里找来的。我不一定赞同她们的观点，但赞赏这种敢想敢说的学术勇气。不过在赞赏之余也有隐忧，我觉得一个孩子在少年时期受了那么多阴暗的生活影响可能不是一件好事，过早成熟的经验会妨碍她进一步地开拓人生阅历，了解和感受人性的丰富和向善的力量。她把繁漪视为魔鬼是出于对人生的幼稚认识，但也看得出她对于人性阴暗因素特别敏感。优秀的艺术家应该是最纯粹的人，应

---

[1] 张业松，复旦大学教授。
[2] 刘律廷，当时是复旦大学中文系的学生。《上海文学》2004 年第 3 期"希望"栏目推出刘律廷的创作，发表其短篇小说《菩萨》和创作谈《记忆从不放过我》。

该是有一副赤子的眼睛和心灵。心灵明净如镜,眼睛看出去的世界才会是明亮的本相;如果心灵被戕害太甚,对世界始终抱着怀疑的态度,不再相信人类理想是美丽的,人生价值是永恒的,那很难成就伟大的艺术。我读了她的创作谈,这种担忧还是存在着。但是你转来的刘律廷写给巴金的一封信,我读后似乎一颗心有点放下了。我相信她的倾诉是真诚的,巴老的坦诚和理想主义虽然被很多聪明人嘲笑为肤浅,但它确实在这个女孩的心田里开花了。我准备发表她的这封信,只是篇幅太长,我还要做些技术上的处理。我很高兴这个女孩能够真正感受到人性的力量、人格的力量,这才是进步之根本。谢谢你的推荐。

陈思和敬复

致吴润生[①]

润生先生：

您的来信我认真想了几天，遵嘱给以发表，我想你对文学的意义的理解以及对当下某些创作的批评，有你一贯的追求作为支撑，有一定合理性。你关于文学应该有大格局、有思想的想法，也是我所要追求的编辑杂志的风格。因此，我很感谢你能真诚地写来你的看法，及时给我有益的提醒。

我想，小青[②]大约也不会介意你的批评，因为她的创作一贯追求的本来就不是你所期望的风格，就好像有人喜欢雄壮的泰山、奔腾的黄河而不喜欢江南园林、市井风月，文学艺术的审美趣味本来就萝卜青菜各有所爱，无法有一统天下的。至于我编的杂志自然有自己所希望的风格，我为什么要发表这两篇小说呢？不是想标榜"百花齐放"，而是我觉得小青的小说里还是隐藏了日常生活中的大气象。虽然小说里都是琐碎极了的小事，

---

① 吴润生，江苏读者。
② 吴润生在来信中批评了2004年第3期"月月小说"栏目发表的范小青短篇小说《爱情彩票》和《在街上行走》。

难以找出它的"深刻意义"。但您有没有觉得，通常的小说都有一个"中心意义"，把琐碎的生活细节贯穿起来，或者把生活的意义凝聚起来给以表达，而这两篇小说正相反，本来是有"中心意义"的，这两篇小说都提到了"日记"这一意象，似乎小说一开始的情节交代是为了引导读者去寻求那"日记"（或者是日记所隐藏的故事）的线索，但结果是因为琐碎的生活细节不断消解了"中心意义"，使读者的期待落空了。"原来呒啥啥"，您一定会这样想的。但您又会觉得有点遗憾，因为明明是有意义可寻的。以《爱情彩票》为例，父亲死了，母亲沉醉在父亲的日记里阅读着，父亲的字只有她能看懂。本来，天下最伟大的爱情就只是两人之间的事情，不足以与世上外人道三说四的，也不需要外人来理解。小说围绕了博物馆研究员千禧（这个名字似乎也象征了时间的意思）探询老人爱情真相，结果陷入大量的真假莫辨的资料，连自己的爱情也丧失了，哭得"像只脏兮兮的猫脸"。这句结尾与开头"母亲开始阅读父亲的日记"的沉着相映成趣，可以让人联想到很多东西。爱情就像彩票，千万张里只有一张能够中奖，落在谁的手里完全是一个缘分。小说没有正面写顾吉有和余畹町的爱情，但从各种后来者的爱情的不确定性反衬了古典爱情的价值所在。小说写得含蓄、高雅而且耐人寻味。您难道不认为这也是一种意义吗？

我同意您说的文学创作要有思想，所谓的思想不是简单地传达某种狭隘的社会正义感,"有几篇作品对官场的黑幕无情揭露?有几篇作品为反腐败屡屡失败而警醒?"这是不错的,但不能这样来要求作家创作什么题材呀。我最近看到有人撰文指责贾平凹:你为什么不写农民的苦难?我真是惊出一身汗,仿佛又回到了一个极不正常的年代,人类的噩梦往往是从貌似正义的干涉别人的自由权利开始的。我说这话,本来就是出于经验的结果,希望您能够理解。

陈思和敬拜

以上两信均刊《上海文学》2004年第5期

致罗兴萍[①]

兴萍：

第 7 期的"星光灿烂"，只是想以更多的优秀作品来回报读者，但这也与我们今年一系列的选题策划有关。第 8 期还将推出"东南西北小说展"，第 10 期将推出"戏剧专号"，刊登王安忆将张爱玲小说《金锁记》改编的话剧等，第 12 期将有"河南小说专号"等，我们的全年计划是早就安排好了的。

说到编辑方针，我们没有任何改变。《上海文学》有它一直坚持的纯文学追求。去年 7 月我们说的"改版"只是一种传媒的宣传，并不是办刊方向的改变，我提出的"创作与理论并重"等想法，也是李子云、周介人、蔡翔等主编《上海文学》的一贯传统，我只是重申了这个传统，我不可能在市场经济的考验下往后退，更不能把它办成媚俗或者通俗文学的刊物。

今年第 7 期的"改"主要是封面和编排体例上。为了突出小说创作为主体，我们把已被读者广泛关注的"月月小说"栏

[①] 罗兴萍，无锡江南大学文学院教授。

目排在刊物后面，作为一个压轴戏；这样为了突出"创造"栏目，专门刊登短篇小说和三四万字的中篇小说。同时我们还要加强"希望"和"译文"栏目，推出更多的新人作品和介绍外国的优秀作品。

《上海文学》从未减少过小说的篇幅，每期的"月月小说""创造""希望""译文"等栏目综合起来，小说在篇幅上占绝对的优势。另外我们还扩大了诗歌栏目"水星"，系统介绍民间诗刊；还有"语丝"发表人文随笔；"人间世"发表纪实文学；"无轨列车"发表个人随笔专栏，都是文学创作。

理论栏目合并成四个，"宇宙风"刊发社会批评，"学灯"刊发文学批评，"自由谈"是作家对话和演讲，"春秋"刊发文史资料。有的分量重些，有的分量轻些。供读者选择阅读。

"创作与理论并重"是《上海文学》的既定方针。在目前上海的文学杂志格局里，最缺乏的，是一种能够结合社会文化现象而互动的批评阵地，或者说，一种非学术性的文学批评杂志，而这正是《上海文学》的特色和品牌。虽然我们目前还没有做得很好，但这一编辑方向却是符合上海文化建设的整体格局的需要。美国《纽约客》杂志每期只刊登一篇小说，大多数篇幅用来刊登文化综合批评、时事评论、电影戏剧评论、纪实报告等，也没有妨碍它成为一家高品位的品牌杂志。《上海文学》在20世纪就形成的这样一个良好的办刊传统，我们是不可能随意丢弃它的。

谢谢你对《上海文学》的关爱。

陈思和敬复

致张燕玲[1]

燕玲：

  这个问题萧夏林兄过去也对我提过。其实你是知道的，我哪里是写了文章怕没有地方发表？外人不知情况说三道四的很多，我并不介意。但主编能否在自己的杂志上发表文章，我有我的坚持。记得我做学生的时候，在《收获》实习，有位老编辑就告诉我，要做好编辑，自己最好不写文章，免得有把自己的文章与别的杂志编辑私下交换之嫌。可见主编只要动笔，不管发在哪里都会有瓜田李下之嫌。我现在把文章发在自己的杂志上，是为了阐明杂志的编辑方针，为了进一步向名作家约稿，也是为了实现我的主编理念。

  检点自己在《上海文学》上发表的文字，无非三类，一类"月月小说"栏目的附评，二类是"太白"栏目的通信。前者是向读者阐明推荐作品的理由，类似于过去的卷头语或编后记，我只是换了一种表达形式，以评论方式来体现；后者是编、作、

---

[1] 张燕玲，广西《南方文坛》主编。

读三者的交流,非我独占。我认为这都是主编的本职工作,也是对读者的尊重。还有一类就是我在今年第1期上发表解读《子夜》的文章,为的是纠正当下批评脱离文本的风气,在刊物里特设"文本细读",我开个头,是为了抛砖引玉,引出以后更多的细读文章。

这三方面都在我的工作职责范围以内。如果把刊物当作足球场,作家才是球员,读者才是裁判,而刊物主编有点类似电视转播的评论员,只是解释一下电视里出现的镜头。当然他讲得对与不对,只是仅供读者参考。

稍微有一点现代文学期刊知识的人都知道,"五四"以来,有名的文学刊物几乎都是与主编的个人风格和文学主张联系在一起的。刊物的个性总是通过主编的风格、观念和文字来体现的。哪个主编不是在杂志上既编又写,显山露水?文化本来就是个人才能特点与公共接受之间的一种平衡,倘若没有个人的独特创造和鲜明风格的展示,就没有文化的实质性发展或推动,文化艺术的公众理想又必须通过具体的个人努力来体现的,在此,公与私是一致的。1950年代以后,个人风格被当作是一种资产阶级个人主义来批判(胡风的遭遇便是一例),而且多年政治运动,文学作品经常遭到无妄之灾,主编们更不愿意轻易对刊发的作品表态,这才使杂志渐渐变成千篇一律,无个性可言。"文革"以后的文学刊物有了很大的变化,主编的风格逐渐开始在各种刊物上表现出来。我只是以我的形式去实践自己的编辑理想罢了。

我这样做，对于编辑与作家、与读者的关系是更加亲密了？还是更加疏远了？我相信真正爱护《上海文学》的读者可以看得出来的，毋须我作辩解。还有，我真心感谢你的关心和提醒，在处处需要"横站"的生存环境里，只有朋友的相濡以沫才是我最感宝贵和珍惜的。

顺致一个编辑的祝福

陈思和敬复

以上两信均刊《上海文学》2004年第8期

致邵燕君[1]

燕君：

你好！你主持的"左岸文化：当代文学原创期刊最新作品点评论坛"的网页越来越引起人们的关注，我阅读了你在网上逐期评阅《上海文学》，精辟之论，俯拾可见。好处说好，坏处说坏，显示了北大人高贵的批评品格。你我虽无缘相见，但通过文字，实为刊物之诤友，编辑之知音。这是我要表示衷心感谢的。我想把你的批评声音摘要转发在刊物的"太白"栏目，以引起《上海文学》读者的重视。对于你的批评意见，有的我十分折服，有的也有保留和不同看法，本想说出来向你请教，只因篇幅的限制，还是先把你的意见刊登出来。我想我们编辑部同仁会把你的意见视为今后工作的警钟，读者也会作为自己阅读的参考，对作家的创作也不无促进。《上海文学》历来重视批评的声音，甚至连个别的恶意谩骂和无聊中伤，我也一概欢

---

[1] 邵燕君，北京大学中文系教授，当时她与北大的部分研究生一起在网上主持"左岸文化：当代文学原创期刊最新作品点评论坛"，对《上海文学》上发表的作品颇为关注，给以我很大的支持。

迎，照单全收以促进工作，促进杂志与文坛一起进步。日日新又日新，是我编杂志所期待的目标。新的一年即将来临，这是我对旧岁的回顾和新年的期望。

祝新年里人好笔健

陈思和顿首

初刊《上海文学》2004年第12期

致严锋[1]

严锋：

你好。张炜的文章[2]在杂志上刊登后，已经引起了普遍的关注。编辑部还为此举行了座谈会，座谈的纪要已经整理出来。你在会上的发言很精彩，我节录了一段。但我觉得关于"背景"的理解还可以做些补充。张炜是1980年代成长起来的，那个时候的意识形态已经不是铁板一块了。当时的改革开放政策是一种摸石头过河的实践过程，主流本身是两个调：一个是追求现代化，比较开放；还有一个相对来说还比较保守。大多数的作家看上去好像都在独立思考，实际上只是一种选择（当时的说法是"站队"），说到底，几乎百分之九十以上的，能够公开发表文章的作家，基本上都是主流作家。张炜站在改革开放的一

---

[1] 严锋，复旦大学中文系教授。跨媒体研究学者。
[2] 指《上海文学》2005年第1期"自由谈"栏目发表了作家张炜《精神的背景——消费时代的写作和出版》一文，编辑部就此文邀请沪上知名学者与批评家举行专题研讨，王晓明、罗岗、薛毅、张新颖、严锋、王鸿生、毛尖等参加会议并发言，会议纪要《文学创作与当下精神背景》发表于《当代作家评论》2005年第2期。张炜的文章与会议纪要引起了强烈反响，吴亮、李锐等在陈村网上经营的"小众菜园"上推出批评意见。这场争论为2005年新春文坛上的第一个热门话题。

边，站在思想解放的一边，大的前提仍然是主流，他批判主流里面的另外一个派系，他是很成功的，这些作家代表了主流文化中的一种意志反对另外一种意志。支持现代化当然是国策，揭露党内的僵硬保守、蜕化变质的现象，当然也是国策，都是社会的主流。主流作家当时本来就是二元的，他们以为自己是离经叛道，其实就是孙悟空在如来佛的手里翻斤斗。

问题是，现在像张炜这样能够独立思考的知识分子，他的跟斗翻出去了，他跳到"现代化"这个掌心的外面去了。我们那个时候，只要为了实现四个现代化，那就什么事情都可以做，什么外来思潮啊现代派啊，都可以理直气壮地引进。但如果你的跟斗翻了出去，感觉上似乎被上帝抛出去一样，就发现自己无所依傍，无所支撑了。他有一种深刻的孤独感，那时候就感到恐慌，甚至绝望。在这个意义上，这样的作家已经成为"自由撰稿人"了，成为当代真正意义上的知识分子，尽管他们在日常生活中仍然可能与现实的政治生活或经济生活有扯不断的关联，但他们在写作上已经撇清了关系，他们才会有做一个自由知识分子的可能性。当作家一个跟斗翻出去了，体制就不能束缚他，当然也不保护他，也不再给他提供写作资源。那怎么办？有什么社会机制可以来支持他呢？他应该用什么理论立场来解读这个社会？我觉得张炜呼吁的还是这个。所有的问题都只有一个问题：这是你要做一个特立独行的知识分子必然付出的代价。

痛苦是必然的，否则尼采就不会发疯。你看鲁迅，原来在大学当教授，在教育部做官，再痛苦他也好对付，后来他离开这一切，跑到上海做了一个自由撰稿人，同时又参加了与主流彻底对抗的左翼运动，那个时候他的心理压力极大了，情绪也焦躁起来，因为一切都要你自己负责了。如果有一个正常的社会机制保护他，他可以比较顺利地度过危机，或者社会机制本来就多元化，无主流化，你虽然背叛了这个潮流，还是有另外一个力量在有意无意支持，像西方知识分子那样。但在现在环境下要成为一个独立的知识分子，谈何容易啊。所以，我想张炜的痛苦在当下是带有普遍性的。

我觉得你提到的这个"藏"的作用，其实是很重要的。"藏"也就是生活的现实环境，我曾经说过民间的藏污纳垢，意思与你的相近，也就是知识分子要在现实中实现自己的理想，要确认自己的工作岗位，在工作岗位上有一分热发一分光，人文精神也只有在实践中才有可能一步一步地接近比较理想的境界。所以我要说，社会生活与精神现象有时候就是应该区分开来，在精神上需要有特立独行的大无畏的批判精神，但现实中还是要有一步步实现理想的耐心和持久力。顺便我也想说，张炜兄就是这样一个精神的批判家和务实的实践家，他主持的万松浦书院将会在建设性的文化积累意义上，起到更为重要的作用。只有把两个张炜视为一个整体时,我觉得张炜才是完整的。

陈思和

2005 年元旦

致毛尖[1]

毛尖:

你好!会议纪要被完整地整理出来,发现没有你的发言记录,听周立民说,你不愿意被整理发表,其实你那天在会上说得虽然简单,我觉得很有意思的。所以,没有征得你的同意就把你的发言记录稿拿到本期"太白"上发出来了。那天罗岗解释说,张炜的文章本身议题不是讨论大众文化或者通俗文化有没有批判性,而是我们这个社会精英文化出了什么问题。我的理解是,你如果用批判性功能来作为通俗文化与精英文化的分水岭,还是有现实意义的。因为在市场化的今天,文化现象很难完全摆脱市场的制约,很难再用流行、严肃等标准来划分,而批判的声音则是任何时代的精英文化所必须具备的。至于你说起香港文化的例子,可能现在的香港与过去不一样了。当时批评香港文化的沙漠化,也是一批知识精英,他们主要盘踞在学院里从事纯学术和纯文学的研究,对于市场文化是排斥的,

---

[1] 毛尖,华东师范大学教授,著名评论家。

而也确有人认为香港文化是繁荣的,主要是活跃在传媒的知识分子,如果要说香港的流行音乐、影视传媒和现代读物(包括武侠小说、科幻小说、言情小说等)三大文化要素,那么香港的文化是繁荣的。问题在于这是不是一种好的文化现象。我记得1988年我在香港搜集一种诗刊,叫《诗风》,几个香港大学毕业的热爱文学的青年人自己出钱创刊的,有黄国彬、羁魂他们坚持了整整十年,办了一百一十六期,但终于办不下去了。当然不是因为没有钱,而是因为没有读者,自己写的诗发表在自己编的刊物上,给自己看,他们实在是太寂寞了。最后他们为这个诗刊举行了隆重的葬礼,把所有剩下的杂志全部付之一炬。在他们的眼里,当时香港文化一定是沙漠化的。所以,张炜说的"沙化"是指流行文化在市场的推波助澜下可能产生的后果,如果以后的孩子只能接受那样流行的通俗文化,拒绝任何批判性的精英文化,那么以后的读者会是什么样的读者,文化会是什么样的文化,才是可忧虑的。当然,但愿这是一种杞人之忧吧。

陈思和

2005年元旦

以上两信初刊《上海文学》2005年第2期

致陈村[1]

陈村兄:

你好。今天算有半天时间在家,可以从容回信。前天读到兄的长信真是很感动,兄为经营菜园的苦心和对朋友的诚恳,都让我觉得不是三言两语能够简单作答的。所以想有一个时间,与兄说几句心里话。望兄体谅。

毛尖的发言事,我又问过整理文稿的周立民,他说他确实把发言稿整理出来后寄给毛尖,要求毛尖自己校对(对所有的发言者都要求自己修订文稿)。但毛尖一时没有整理,就说不发了。当时还没有决定将稿子给《当代作家评论》,但毛尖本人不想发表是事实。然而我觉得毛尖的发言有点意思,既然不发在讨论记录里,就拿来作"太白"用了,也没有给毛尖打招呼。她是编委又是参加者,不可能删除她的发言。那篇讨论记录里也没有特别声援张炜的意思,我记得王光东、王鸿生、严锋的

---

[1] 陈村时为网络上"小众菜园"版主。关于《精神的背景》一文引起的争论主要在他主持的"菜园"上进行,他写信希望我参与争论,正面回应网络上的批评声音。但我顾虑到《上海文学》主编的身份,担心会把刊物卷入无谓之争,就没有正面回应。这封信没有公开发表过。

发言里也都有不同的意思，只是说法比较委婉而已。

至于我不想参与讨论，也不想参与网上的吵架，只是因为身份的关系。我是杂志的主编，说话代表了杂志的态度，即使自己不这么认为，别人也会这么想。我之所以发表张炜的文章，就是觉得张炜说出了一些尖锐的批评声音，能够引起社会的关注和讨论。但这仍然是张炜的声音而不是杂志社的声音，主编只能用客观的态度，鼓励学术上的争鸣，推动把问题引向深入，而不是故意要提倡一种声音。这情况与兄主持菜园的立场相似，但因为《上海文学》向来是一家多是非的杂志，与菜园还是有别，我只能采取更加谨慎的态度。如果因为这场争论把杂志也卷了进去，那些骂我的人大约更有理由说我是把它办成同仁刊物了。所以我也没有在《上海文学》上发表那场讨论记录，结果是连带了建法兄莫名其妙地代人受过。

吴亮与李锐两兄的文章，也都有他们的道理。我很赞同兄提倡邀请张李诸兄来上海认真讨论一下当前市场经济下的精神背景问题，可惜我没有经济能力，估计赵丽宏也不会有这样的雅兴。其实这个问题是当前社会一个很重要的问题，没有谁的想法是绝对的正确，也没有谁的想法是绝对的错误，都不必要拿出真理在握的气势。再说，师生在一起讨论发言也没有什么罪过，莫非是老师说了什么，学生就一定要反对才是真理？古代株连九族还不连带学生。吴亮兄的批评文章总是气势很足，但让我觉得有点当年"九评"的味道,这又似乎不像过去的吴亮。他现在状态很好,我还想趁势逼他为《上海文学》开专栏呢。他说遇到我会个别交换意见,我也很赞同,碰到他的时候我一定会当面请教。

兄对我讲了许多网上作业的好处,我也是知道的。只是我的个性生来就不太好玩,不习惯这种表达意见的方法。其实兄的菜园对我是有诱惑力的,我经常上去浏览,也勉强忍住不去发表意见。我是学习现代文学的人,对于网上这种争论以至于谩骂并不陌生,也不是没有兴趣。只是觉得文字有时表达心境实在无力,三言两语往往答非所问,而且看的人也未必真要理解对方的想法。想想鲁迅晚年有多少精力都被扯进那些争论中,弄得自己也怒火攻心,耳未顺身先亡,也不知是什么滋味。

谢谢兄的理解。此信还是不要在网上公布为盼。

思和敬复
2005 年 4 月 2 日

致李德刚[1]

李德刚先生：

来信拜读，你对莫言《小说九段》的评价或成一家心得，谢谢你对本刊的关注。我将来信和稿件略作修改，发表在"太白"上，以期引起更多的读者对这篇小说的关注。

莫言的《小说九段》让我想起十年前作家阿城的《遍地风流》，若以文笔的轻松和饱满而言，莫言比当年的阿城更胜一筹，称之为"九段"，作家可能仅是指小说的章节篇目，而在读者的称誉里，"九段"还是一个标志，即某类艺术竞技（以围棋为例）所能达到的最高级别。当然小说创作不可能有最高的级别，但仍有至上的境界。如果说，情节是小说不可或缺的基本构成，叙事是小说构成（情节）的具体形式。那么，我们还可以分出，情节的内在构成是故事性因素，而叙事的内在构成则是语言魅力。短篇小说要求篇幅短小精悍，故事因素不可能充分铺展，往往要借

---

[1] 李德刚，河北读者。莫言的《小说九段》刊发《上海文学》2005年第1期。小说共由九个短篇连缀而成，分别是"手""脆蛇""女人""狼""井台""贵客""翻""船""驴人"。莫言本人很重视这组作品，2012年赴瑞典领取诺贝尔文学奖时，他在斯德哥尔摩大学公开演讲并朗读自己作品，就选择了其中的《狼》。

助作家的暗示和读者的想象来完成情节所造成的空白，这可以说是叙事的技巧。短篇小说就特别讲究叙事技巧（美国作家欧·亨利的小说就是靠出色的叙事技巧取胜）。但高明的作家不仅仅满足于技巧的高明，他们可能走相反的道路，干脆打破技巧的显在运用，却在语言上下工夫，由语言来制造出一种艺术的境界、艺术的氛围和艺术的气象，形成短篇小说所特有的感染力。这也是作家巴金所说的"艺术的最高境界是无技巧"的一种实践经验。

从《世说新语》起，中国的短篇小说就有这样一种艺术实践。《小说九段》并不是新鲜货，但它确是从这一路演变而来，成为当代小说中的一株奇葩。它看上去像是作家的一组创作手记，文字极为简单，凝聚了作家尚未完全成型的艺术构思，但如果不以情节的完整性为标准，这组作品恰恰是达到了语言艺术的"九段"境界。如"贵客"一段，到终了也不知贵客为何人，但因为贵客来临给这个家庭造成的各种不安气氛及其反应，惟妙惟肖地传达了出来。也有讽世的作品，如"手""翻""驴人"等段落，寥寥数笔，世相百态，点到辄止，有许多回味之处。也有寓言体的故事，如"捕蛇"段，有点像柳宗元的《捕蛇者说》，但完全跳出了陈述捕蛇者艰辛生涯的意义，作家想探询雄蛇的习性，但终是因为捕蛇者的死而没有得到解决。这是反寓言的结果，把寓言体的卒章显志结构打破了。

莫言的小说，总让你读了感到元气淋漓。尽管短短数行，一个个意象都仿佛是从大地里隐藏了千万年,突然破土而出似的,有一种磅礴的气象。如"狼"一段文字里,人、狼、狗、猪以及未出场的马,都仿佛生存于同一个生活层面上,动物也可以变成人,一起在街上走来走去,最终还露出了凶残本相。在看似荒诞的故事背后,总让你感到生活中的某种可怕的事情。我更喜欢的是"女人"一段,简单朴素的笔墨,叙述了民间的生活困境和底层妇女的道德观念。哥哥带回来一个深藏着忧伤的年轻女人,答应与弟弟共娶。弟弟年纪尚小,但获得了女人的爱。后来哥哥被狼害了。女人为他守节三天后,才同意与弟弟结合。弟弟问她为什么,她简单地说:昨天不行,今天行了。这个女人的来龙去脉没有交代也毋须交代,莫言笔下的人物从来就不是被描述出来的,她仿佛就是身携千百年来的民间的污泥浊水,沉默地生根在生活的大地上。你的来信引起了我讨论这篇小说的兴趣,一并说出来向你请教。

祝新年好

陈思和　2005 年 1 月 28 日

初刊《上海文学》2005 年第 3 期[①]

[①] 这封信原是为《上海文学》2005 年第 3 期的"太白"而作,但因我染病住院,在刊物上只发表了前半部分,后面部分后来续写成,全文刊《中国现代文学读本》,陈思和、许俊雅编,台湾二鱼文化事业有限公司,2006 年。

致李娜[1]

李娜：

你好！大作已经拜读了。"异乡说书，花飘果堕"，这个题目就取得很有诗意，还没读文章我已经对它有了信心。你拐着弯地研究世界华人文学，用大陆学者的目光，从台湾文学中找出马来西亚的作家创作，探讨他们的离散特征。三地文化的撞击这会儿发出了精神的火花。我看你对黄锦树、李永平等马来西亚作家的论述都很精彩，虽然大陆读者未必能读过他们的作品，但通过你的介绍还是能看到华语写作的另外一方天地。

可惜的是，这一期的海外华文文学专号里没有把你的文章放进去。原先是想，把海外华文文学的各种面貌都在本专号里展示出来，马来西亚的华人文学当然属于最重要的一个领域。但是来稿太多太丰富，反而显得内容上有点杂乱：我们现在学术界对海外华文文学创作的定义的理解，既包括大陆以外的中国地区的文学，也包括东南亚各国华人的文学创作，还包括在

---

[1] 李娜，中国社会科学院文学所研究员。

美国、欧洲、澳洲、日本等国的华人创作，在后一类的文学范围里，也有来自大陆、台湾、港澳之分，还有出生在海外的第二代、第三代的华裔创作，最近，这个领域又扩大到用所在国语言创作的"华裔文学"。它的内涵越来越丰富，外延也不断扩大，"海外"，究竟"外"到何处是边界？这正是学术界还在热烈讨论的问题。

回到我们编辑本期的专号[①]来说，难度很大。几经反复讨论，最终决定把一些稿件撤下来，只保留一个品种：从中国大陆出去的作家在海外的创作风貌。于是，好几位来自港台、新马的作家的稿件都被暂时撤下，你的研究论文也属此列。当然，即使限于这个品种也不可能充分地展现，所能够展示的只是其中的一部分。篇幅实在有限，原先准备发排的汤亭亭、哈金、卢新华、冰夫等人的稿子也不得不撤下来，现在这一期专号里，除了介绍海外诗刊《一行》里有部分大陆诗人和著名旅美作家白先勇的对话以外，作者基本上是海外的大陆作家，其中有篇稿子还是从自发投稿中取用的，从中读者还是能看出这些我们或者熟悉或者陌生的名字下，展现出新的创作特点。

我读了这些稿件，强烈感觉到的是，小说的时空观念有了

[①] 指《上海文学》2005年第6期推出"海外华文文学专号"，发表严歌苓的《吴川是个黄女孩》《十年一觉美国梦》，虹影《瓶子的故事》《用一个G的字节》，章平《离家》《火》，闻人悦阅《黄龙吐翠》，沙石《走不出的梦境》，张黎《朱朱的性感巴黎》等以及白先勇的对话和赵毅衡的论文。

致李娜　217

很大的扩展——不仅仅是指物理意义上的时空，更加凸显出的是心理上的意义。身在海外的作家们，无论取得成功与否，大陆文化经验是他们挥之不去的创作之根。虹影在她的小说两题里形成个很有意思的结构。虽然她近年来有很丰富的创作，但在我的阅读中，印象最深的仍然是《饥饿的女儿》所创造的西南社会底层生活的恐怖意象。这一点可能会构成我对虹影小说艺术的基本理解。本期发表的《瓶子的故事》中，我们大约还是能够看出当年虹影所独创的尖利粗野的艺术世界的部分投影。但是对另一篇《用一个G的字节》所飘逸出来的诡异气息，于我则是比较陌生的，我对这样的灵动文字感到无从把握。但在这一次编稿过程中，由于把它置放在整个海外文学的背景下，我对小说叙事有了一点感性的认识。这篇读上去有点花里胡哨的文字迷宫里，几乎可以读出作家创作经验的自叙传，牵动着写作、故事、旅行，以及经验原型之间的力量，是一种跨越地理疆界、跨越文化区域的难以排遣的心理情结。性爱也不是性爱，女子也不是女子，都可以是同一象征，像是百变观音一样，紧紧追随作家，成为作家难以割舍也无法割舍的心理经验。在这里，时间与空间都被特殊处理了，换句话说，被一种文化的心理情结所克服与超越。所以，这两题小说之间似乎有一个过程，从单一的中国经验过渡到超越了时空隔离的跨国文化复合经验。——我要强调跨国的意义，如果设想一下，这个作品所出现的时空和对象均是中国经验的话,艺术效应会出现怎样的不同?我觉得,本期沙石、张黎和闻人悦闻的创作里,多少都有类似的时空拓展的艺术特点,只是在表现还比较简单了一些。

严歌苓的《吴川是个黄女孩》[①]也是这类大陆经验跨越时空后的展示。在严歌苓一贯为读者所熟悉的幽默轻快的文笔下,大陆经验的沉重性与其在彼时彼地的经验重现形成了对称性的时空结构。她美国经验的感受越尖锐,也是其大陆经验的越沉重。两者如此紧密地结合在一起所构成的跨国文化的复合经验,是我阅读这一类海外小说中最感兴趣的因素。也许有机会,我们还可以继续来聊这个话题。不过我向你絮絮叨叨地说这些感受并不是无的放矢,我想在你所研究的关于旅台马来西亚华人作家的创作里,这类跨国文化的复合经验也许也是你值得注意的。当然这也不是所有的海外华人小说里都有的。如章平的两题小说中描述的是海外一批华人的特殊的生活形态(《离家》)或者失败者的内心疯狂(《火》),都含有新的经验要素,与作为文化之根的大陆经验相去甚远了。

随意说了一大篇,本来想借助这期专号来解答你的问题,但从头看一遍似乎也没有说出什么意思来。我只是提出海外华文文学中的经验叙事中的某些特点,也许能够切入到更进一步

---

① 该信发表时,我把小说篇名错写成《吴川是个黄孩子》,现更正。后一封致王干的信曾经说到此事。

致李娜

的研究。听说你于6月初要来复旦大学参加"中美文化视野下的美华文学"的国际研讨会,希望我们见面时再交流。

祝好

陈思和
2005年5月19日

致许文霞[①]

许文霞女士：

来稿两篇，本来想用令尊许如晖先生的纪念文章，可是篇幅太长，资料宝贵又不忍割爱，所以决定先选用关于张定和先生的那篇特写[②]，从中也可以读到许如晖先生的许多事迹。听说5月下旬上海还要举办许如晖纪念会，在这里预祝会议的成功。《上海文学》立足于文学创作和评论，但对于电影戏剧、音乐绘画等艺术也同样关注，希望刊物成为一个破除平庸、提倡人文的精神平台。感谢您的支持和鼓励，还望继续在海外多加关注《上海文学》。即颂

时祺

思和敬拜

2004年5月19日

以上两信初刊《上海文学》2005年第6期

[①] 许文霞，上海知名流行音乐家许如晖的女儿，现定居加拿大。
[②] 指许文霞写的《作曲家张定和素描》，刊《上海文学》2004年第6期。

致王干[①]

王干兄：

你好。来信收到了。谢谢贵刊转载严歌苓的中篇小说。但我首先应该更正一个错误，这是我要向作者和读者道歉的。严歌苓的小说原标题为《吴川是个黄女孩》。这个名字取材于朱哲琴的一首歌名"黄孩子"，歌苓在小说里也有一处提到：吴川"所有的名牌都比白孩子们高档，而她知道她永远是个黄孩子"。其意义是很清楚的，也是这部小说的诗眼所在。可是，遗憾的是在付印过程中哪个环节出了问题，题目被错为《吴川是个好女孩》。责任编辑当然有责任，我也有不可推卸的责任。我的责任在于：一是阅读清样时疏忽了目录和标题的核对；二是因为歌苓对我说起这篇作品时曾特地介绍过"黄孩子"这首歌，所以，我记忆里误以为这篇小说的题目是《吴川是个黄孩子》；并在上一期的"太白"里也这么写了。所以在此特意慎重更正，希望贵刊在转载时，更名为《吴川是个黄女孩》。

[①] 王干，评论家，《中华文学选刊》主编。

我不知道应该怎样写推荐，翻翻手边的贵刊，似乎也没有这样一个栏目。大约不宜写得太长。其实这篇小说在歌苓关于移民小说系列中有新的意义。《扶桑》写第一代移民的传奇与悲剧，《人寰》等作品写的是当代新移民的故事，主要人物总是1950年代出生的一代人；而这篇小说第一次正面描述了新新人类的一代华人在海外的生活与处境，以及他们所面临的文化冲突又是什么。"吴川"是新一代人的化身，她才21岁，是1980年代中国经济腾飞以后出生的孩子。他们的记忆里不再含有历史的阴影，也没有像小说里的"我"那样在国外忍辱负重、独立挣扎的辛酸经历。这类人在所谓"80后"一代青年人里自画像并不少见，但没有想到的是，严歌苓的敏锐眼光越过异域异质的文化阻隔给以深刻的一瞥，使之如此光焰夺目地现身于美国，成为新一代人的艺术代言人。

小说主人公记忆里难以消磨的是自己祖国经验的文化烙印，无论是《扶桑》还是《人寰》里，总是清晰地掺入了血肉相连的中国经验作为对照。我在上期"太白"里分析过，在严歌苓的作品里，大陆经验的沉重性与其在彼时彼地的经验重现形成了对称性的结构。但在这部小说里，对称性表现在"我"与"吴川"之间的一系列的感情冲突与交流之中。这对姐妹年龄相差十来岁，"我"是属于1970年代出生的卫慧笔下的"宝贝"，上辈人的罪孽和此辈人的自虐，但她们在成长起来的新的一代

致王干　223

面前仍然不可阻挡地成为一面历史的镜子，惨不忍睹的经验是通过"我"的反省与责任的觉醒而成为国内经验的曲折显现，而吴川则在这面历史经验的镜子里，照出了无忧无虑、骄横傲世的幼稚与进步的催生。"黄孩子"似乎成为一种宿命的力量，这种力量从遗传、血脉中与生俱来的悲剧意味，仍然是积淀本土经验的沉重记忆的无意识。随着世界华人文学的越来越精致，这种跨越时空的经验对称性也会越来越隐蔽和含蓄，歌苓这部小说具有标志性的意义。

对这部小说，要说的还有很多，比如对小说的结尾部分，我还是觉得太煽情了。但你大约也没有更多的篇幅让我写下去，就这样打住吧。再次谢谢你对《上海文学》的关注。祝

编撰两安

思和敬拜

2005 年 6 月 16 日于黑水斋

初刊《上海文学》2005 年第 7 期

致沈念、阿定[①]

沈念先生，阿定先生：

你们两位，一个在湖南，一个在上海，不约而同地说到刊物的专号问题，对于两位先生的鼓励，我非常感谢，同时也愿意就专号的编辑谈点看法。我已经听人在说，《上海文学》的主要特点就是用专号来体现主编导向，专号成为《上海文学》的特色，当然也有局限。特色与局限总是两个方面同时存在的。

编杂志当然不能每期都用专号的形式，但一年中有几期专号是可以的，这好像是周刊的主打栏目一样。专号功能是为了引起读者的关注，以更加强烈的效果来提倡编辑的倾向。五四时期，李大钊、陈独秀等编辑《新青年》推出过"马克思主义专号"，沈雁冰、郑振铎编《小说月报》也推出过"俄国文学专号""法国文学专号"，都是重在引进和介绍外国社会科学思潮和文学思潮，这对中国思想文化领域产生

---

① 沈念，湖南读者；阿定，上海读者。

的影响大于新文学的创作。这也是代表了当时杂志主编的编辑思想。

有的杂志为了吸引文化市场的注意力,也可能会策划一些专号来招徕读者。但《上海文学》的态度从来是明确的,我不是为了迎合市场才去做专号,恰恰相反,我是要向读者推荐某种文学倾向。我执编以来相继推出"西北青年小说家专号""广西青年作家专号""河南作家创作专号"和"海外华文文学专号",另外还有两期"上海作家创作特大号"。但从前三个专号来看,西北、河南、广西都不是经济高度发展地区,但是那些土地上充满了文学创作的激情,弥散着澄明清澈的精神空间。那里的作家朴实而执著,对艺术有非常大气的感觉。如果不用专号的形式不足以引起读者的关注。我在这里并不是要强调经济与文化的不平衡发展的规律,也不是不看重当前城市经济发展下的文学创作,但我有一个基本想法,在商品经济还没有无孔不入地堵塞所有精神空间的地区,人们的精神生活还是活泼的,健康的,具有蓬勃向上的力量。这些作品充沛着硬朗之气,即使文字上还不够圆熟,但由于描述的是我们自己的实实在在的生活,与具体的国情、民情和当下民族的审美感情都是联系在一起的。阿定先生是上海人,偏偏喜欢读河南作家的小说而且受到感动,这是为什么呢?是因为在一个经济飞速发展的环境里,有些真实的精神现象不容易看得真切。就好像你坐在锦江乐园的疯狂车上晕头转向血脉偾张，对于周围的现象究竟了解了什么？而坐了一叶扁舟欣赏两岸风景，才是一种艺术的享受。如果是为了赶路，或者寻求某种功利目的，那是别一回事，但如果是为了艺术享受，那么，还不妨坐坐慢船，看看风景更亲切。这么说也并非是轻视了城市文学，我一直想寻求一些真实感受的现代都市的审美精神，第6期"海外华文文学专号"就是为了这个目的而设计的，专号里有几篇小说在表现发达社会里人们的精神状态还是很有独特性，如章平的《离家》《火》，很精致的两个短篇，但让人读后有一种触目惊心的效果。

本期的专号是一个例外，与地域无关，而是关于抗日战争胜利六十周年的纪念[1]。这在今天已经成为一个流行话题，本来《上海文学》不必凑热闹，但我读到了两个剧本，一个中国作家创作的，一个是日本作家创作的，我们可以从中读出某些共同意思，有关死亡、灾难、战争、灵魂、记忆……六十年过去了，算上战争的过程就有六十八年了，中日两国都发生了很大的变化，已经是第三代、第四代人在面对这些历史上的血污，我们应该如何面对？在这两个剧本里表现出一种令人深思的对应性。

---

[1] 《上海文学》2005年第8期推出"纪念中国人民抗日战争胜利六十周年"专号，发表小说有赵本夫《石人》，谷凯《招商》，尤凤伟《木兰从军》，何凯旋、张福海《1945年以后……》（剧本），井上厦《和爸爸在一起》（剧本），以及毛时安的评论《永远不能忘怀的痛与重》。

由此构筑起本期的专号,希望不要轻易地放过。祝

　　夏祺

思和敬拜

2005 年 7 月 19 日

初刊《上海文学》2005 年 8 期

致万里波[①]

万里波君：

我不知道这是不是你的真名。但从信封的邮戳上看，似乎不会假。我也不知道如何安慰你，但对于你在监狱里能够读到像《上海文学》那样的杂志，心里很感动。以后当我每想起有你这样一位读者在特殊环境里阅读《上海文学》，会更加承担起一些应有的责任。我希望文学能够温和你的心灵，给你带来人生的希望和勇气。祝你

进步

陈思和

2005 年 7 月 19 日

初刊《上海文学》2005 年 8 期

[①] 万里波，一位在服刑期中的人员，从监狱里来信。他的信同时刊登在《上海文学》2005 年第 8 期。

致高凯[1]

高院长：

　　甘肃"小说八骏"即将启程远行。对甘肃文学院，对《上海文学》来说，都是一件"蓄谋已久"的事情。西域历来是传奇送宝之途，在今天的上海展示西北八骏的小说，我所期待的，不是猎奇的西北风情，也不是贫瘠的沙漠黄土，我希望的是你们带给《上海文学》的读者的一种澄明纯净的艺术美感。我不说艺术震撼力，我不想在各种艺术风格之间添加任何褒贬的意义，但我想，敦煌的壁画是美的，残存的古城是美的，兰州的黄河是美的。——我还记得，去年我从兰州到青海，沿着黄河奔驰在山谷的大雾之中，眼前的景物时隐时现，迷迷茫茫，在不知不觉中，竟登上了海拔高地，转眼就是高风蓝天金光宇宙了。我今天正是以这样一种审美的心情来准备你们的来临，让现代风吹拂起古老黄沙，卷起千堆雪。

　　感谢你们对这个活动做了精心的准备。光是为了《上海文

---

[1] 高凯，当代诗人，当时是甘肃省文联下设甘肃文学院院长，"甘肃小说八骏"文学活动的发起人。

学》这一期"甘肃小说八骏专号",作家们反复挑选作品,反复斟酌,希望能够被《上海文学》的读者所接受和喜爱,你们还将来上海举办"小说八骏"的作品研讨会,与上海读者进行面对面的对话与交流,与复旦大学的学生们座谈研讨文学的想象。我想,上海的批评家和读者不会使你们失望的,物质高度发达、市场运作把一切都卷入了它的输送带的都市环境里,人们精神上真正缺损的是什么?渴望的又是什么?我们虽然感到困惑,但我们不会无话可说。

"小说八骏"的作品,都有评论家们做了认真的研读和独到的阐释,我在这里就不一一加以推荐了,但我还是想说,其前四篇小说,我读后生出一种旷野的宁静,就像是听到空山里的回声,令人遐想不已。这里也有不忍卒读的悲惨传奇,也有看似童话般的人生和寓言体的现实,文字间弥散的,不是沉重得令人喘不过气来的悲哀,而是透明得近似碧海晴空的新鲜。如张存学的《拿枪的桑林》,像一幅凝练的人生画卷,一个无耻欲望的年月人们将在自己的血缘里留下什么罪孽,下一代的生命又将如何承受与消化上代人留下的这笔遗产,是我们这个时代书写不尽的主题。我曾经在关于《上海宝贝》这样充满都市欲望的作品里探讨过这些问题,但无论如何没有想到,在这篇西北风的短篇小说里,竟如此精致又如此绝望地表达了这种感受。其后四篇小说:两篇历史、两篇现实,都是在亦庄亦谐中展开讽刺，在似真似幻中揭示生活本相，几乎每一篇都有悲喜交集的效果。如叶舟的《1974年的婚礼》，主人公为参加流氓团伙而躺在隆隆驶过的火车下面，这种感觉已经称奇，然而阳里阴里的谋杀，层层叠叠，云遮雾障，令人玩味不尽。

这期的稿子，不是临时组织起来的，其中有几篇作品都已经在编辑部放了近一两年。《上海文学》的稿挤是不言而喻的，但更重要的原因，是我们拿到好的稿子，总希望能用一个比较引人注目的方式把它们组合地推荐出来，以期使作品能够产生更大的艺术效应。但对于作家来说，等待稿子的发表可能会是一件令人心焦的事情，在此，我向作家和朋友们的耐心与信任表示真心的感谢。感谢你们的理解，也预祝你们这次"小说八骏"的上海之旅取得成功。

陈思和

2005年8月8日于黑水斋

致王新军[①]

新军兄：

收到你的来信已经一年半会儿了，一直没有给你回信，但我并没有辜负你的期望，我在用行动寻找你所希望的"《上海文学》西部行"的可能性。现在，在甘肃文学院的高凯先生的支持下，虽然不是"西部行"，但"小说八骏"的上海行却更有意义，我们想达到的目的都是一样：《上海文学》一如既往地坚持从西部文学中寻找新的精神资源，而甘肃的文学，将在《上海文学》这个平台上施展更大的创作影响。这里谈不上谁支持谁的问题。我认为当代中国精神文化的发展是一个完整的整体，经济与文化的发展，物质文明与精神文明，都应该是全面地体现出中国人当下的复杂的精神面貌。这是我主编《上海文学》的宗旨。

尽管总是有人嘀嘀咕咕地为我编造小圈子的流言，可是他们终究会明白，我心中的圈子是把《上海文学》办成一个大文

[①] 王新军，当代作家。

学平台，联系整个当下的中国文坛，也联系当下的世界文坛。只要是好的文学创作，都愿意为之提供版面，让读者在《上海文学》上读到这个世界最前沿的文学信息，也读到最实在的文学世界。

你的两个短篇在我这里放了近两年，谢谢你的信任。这两篇作品里所描写的人与动物两个世界中的难以沟通，有一种宿命的意味，让人生悲，也让人深深地感触。其实何尝动物的世界是这样。

前几天周立民从敦煌回来告诉我，仅玉门一个县级市，订阅《上海文学》的数字是五十二本。我想这一定有你对《上海文学》的宣传之功吧。谢谢你。我听到这个消息真是很高兴。

思和敬拜

2005年8月8日

以上两信均刊《上海文学》2005年第9期

致李锦琦[①]

李锦琦先生：

　　上海一别才数周，就收到了你寄来的"译读记"。关于井上厦的介绍，正是刊物所需要的。当时剧本稿由王安忆女士转来，读后很有震动感，随即编入了第 8 期的纪念专号。因为沟通不够，未能及时将井上厦先生的创作简历给以介绍，发表后好几位读者都来了解作家的状况，说明读者对这个剧本的关注。这几年来，日本的当代文学比较吸引中国读者的大约只有村上春树、渡边淳一等畅销作家，以及大江健三郎这样的获奖作家，对于日本严肃文学的创作整体面貌反而不太清楚了。所以这次你翻译介绍当代日本重要文学家的作品，实在是一件有意义的事情。还有，你的译笔的漂亮与形式灵活，给我们编辑都造成一种错觉，以为这是个电影剧本，尤其配了电影剧照，更加有这种错觉。读到你的来信才意识到，这应该是一个话剧

[①] 李锦琦，文学翻译，井上厦《和爸爸在一起》的中译者。

的剧本。

在中国，现在话剧剧本和电影剧本的创作多半是供演出和拍摄的，很少直接发表，以至于很多优秀剧目不能久传。这是很可惜的。剧本是由特殊的语言文字和艺术技巧所形成的，即使没有表演形象的再创造，它的语言艺术同样具有很高的文学性。好的剧本，语言是诗的语言，剧情构成比小说可能更加集中和精致，这就是为什么曹禺、夏衍等的剧本至今犹有魅力的缘故。如果剧本不是为了单独发表，仅仅为了提供给导演工作，那么长久下去，剧本只是承担了提供故事情节的功能，而将丧失它自身的叙事魅力，剧本创作也会因此衰败下去。《上海文学》提供一定的版面来发表优秀剧本，就是为了改变这种状况，使话剧艺术从语言上得到提升。剧本的艺术魅力是多方面的，情节可以供欣赏，语言可以供朗读，戏剧形式能够直接介入社会生活，发表对当下生活的看法。它比小说或诗歌更加贴近生活现实，也少了一些矫情和做作。

我主编《上海文学》以来，一直在抓"译文"栏目的稿件，企图通过翻译世界优秀文学作品来开拓文学视野，促进和推动国内文学创作的发展。"译文"栏目以小说为主，也有诗歌和剧本，这次《和爸爸在一起》应该也是属于译文的稿子，因为策划专号才放入了"创造"栏目。以后还是希望你能一如既往地支持我们,继续为《上海文学》的读者提供上好的翻译文学作品。

祝好

陈思和敬拜

2005年9月5日

初刊《上海文学》2005年第10期

致陈佳[1]

陈佳：

我先回答前一个问题，即如何寻觅纯文学与市场契合点。

文化类期刊走市场化路线往往会强调内容的时效性，与社会事件产生联动，调动读者的阅读兴趣。譬如周刊比较容易在这方面出彩。《上海文学》坚持的是纯文学的立场，它虽然也会及时与文学事件甚至是流行话题产生互动，但在做这方面的专号时，也将力求坚守独特的立场和文学的立场。明年年初《上海文学》将刊登2005年诺贝尔文学奖得主品特的系列作品[2]，目前正在拜托远在美国的宋明炜和汤秋妍翻译他的著名话剧《入土为安》的片段，品特的其他精彩作品的翻译也在紧锣密鼓地准备中。事实上，刊物与有时效性的社会事件发生联系并不难操作，难得的是如何在内容选择上凸现杂志的独特品位。前两

---

[1] 陈佳，记者。
[2] 2006年第2期《上海文学》"宇宙风"栏目推出"品特：现代困境的洞察者"专题，发表英国作家哈罗德·品特的四个作品：体育随笔《哈顿与往事》（严锋译），散文《库鲁斯》（里波译），剧本《入土为安》片段（汤秋妍译），以及访谈《写作、政治以及〈入土为安〉》（戴从容译）。

年《上海文学》对库切与耶利内克的介绍都坚持了这一原则。

创作方面,《上海文学》在明年的第一个大动作是将推出"陌生的上海作家"专辑,其中十来位年轻作家在纯文学领域几乎从未被关注过。比如这次将有蔡骏的小说,他写恐怖小说,拥有很多网上读者,但我们是在纯文学的意义上确认他是"陌生的上海作家",蔡骏给我们的这部小说与恐怖文学无关,讲述了一个人与马生命信息交流的故事,颇有硬朗的风格。《上海文学》不会刻意回避流行,但只要在这个杂志上出现的作品,我们就强调其内含的纯文学价值取向。

继今年推出张爱玲的《郁金香》,明年《上海文学》还将深掘上海文学的优势和资源,沟通和重新发掘20世纪三四十年代的海派作家的意义。第1期起新辟"古今"栏目,陆续推出苏青等现代海派作家的一批佚文。这批小说最初刊登在上海的小报上,已经尘封了半个多世纪,被各家的文集所遗漏。

关于"底层的经验"的争议,我想是很好的事情。从"精神的背景"到"底层的经验",今年以来《上海文学》的理论话题不断激发知识分子圈内的讨论,争论的焦点一直集中在学院派的话语方式能否揭示生活本质。我觉得"底层"已经成为流行话语,各个层面的人都在谈论这个话题。由于每个人的知识背景、教育程度不同,言论视角和表述方式自然不尽一致,在学院里的人也有权利从理论的角度剖析底层经验。一篇文章能引起争议，对杂志来说无论如何是好事，但批评应该是针对对象的争议，亮出自己的真知灼见，不要空洞地宣布谁更有资格进入讨论。有人认为"学院派有争夺底层代表权的嫌疑"，这种说法似乎潜藏了一个前提，就是底层本来已经有人代表的，已经不容别人来染指了。底层是个公共话题，学院里的人更加应该关心它，他们的观点和方式对不对可以讨论，但不能不尊重他们的说话权利。只针对学院派而不是针对底层话题本身，只能是起哄，却无助于把问题深入地讨论下去。吴亮的批评文章将在2006年第1期《上海文学》刊登，我希望能够继续发表各种批评和反批评，把这场讨论深入下去。

新年快到了，谢谢上海的各家媒体在一年里对《上海文学》的支持。

陈思和

2005年12月7日

致杨栋[①]

杨栋兄：

我今天才读到你的信和小说，感慨不已。明年第1期的稿子早已经下厂付印，正在编第2期"陌生的上海作家"专号，无法插入大作，放到第3期又似乎太晚，等不及了，所以临时决定压缩第1期其他作品的版面，好在这篇小说不长，只占了一页的篇幅，好在我们美编的努力配合，很快就调整过来了。希望这篇小说能够感动《上海文学》的读者，一起来为那些无辜的牺牲者流泪。

时间太急，无法与您再仔细商量小说的构思，我对最后的结尾部分不太满足，应该让二堂疯疯癫癫地为女儿换上鞋，希望女儿穿了鞋上路，在另一个世界里跑得快些，不要再遭遇飞来的祸了。

这样改的话，不会有现在那样激烈，但也许会更加抒情些。

谢谢你能在这样的时候想到把稿子寄给《上海文学》，谢谢

[①] 杨栋，山西作家。《上海文学》2006年第1期刊发短篇小说《白球鞋》的作者。

你对《上海文学》的信任。虽未谋面,心向往之。在此祝

新年好

思和敬拜

2005 年 12 月 15 日

以上两信均刊《上海文学》2006 年第 1 期

致于建明[①]

建明兄：

  第2期《上海文学》的"人间世"和"创造"栏目联合推出"新世纪的上海青年作家"的专号，是上海作协创联部与杂志编辑部的一次联合行动，已经酝酿了大半年了，主要是你们的工作促成了这个专号的顺利推出。对于这个专号的名称，我们是颇费思量，起初为了区别一般以出生年代来划分作家群，就用了"陌生的上海青年作家"，但这样一来，原来已经成名的，或者在全国性的重要文学刊物如《收获》《人民文学》等上面发表过作品的作家，就不算在内了。像小饭等，已经是上海文学领域中颇有代表性也颇为熟悉的作家，他们的作品可以单独刊登，不必收在这个专号里了。其实像蔡骏等也很有名，在网络文学和《萌芽》等刊物上决不"陌生"的，但是在《上海文学》等纯文学杂志的读者眼里还是比较陌生的。希望通过这次专号的推荐，使上海文学领域活跃一批更加年轻、有朝气的

---

① 于建明，时为上海市作家协会创联室主任。

新一代作家，把文学的接力棒传下来。

2005年巴金老人的去世，促使我有了办这个专号的想法。巴金老人代表了承传"五四"新文学传统的一代，20世纪30年代，他还是一个青年的时候，在鲁迅的手中接过了新文学的薪火，从大量的文学创作到自办出版社推荐文学新人，团结凝聚了文坛的新生力量，光大"五四"传统。在他以102岁高龄辞世的时候，我想到了俗话所说的百年积德，从20世纪初的现代文学萌芽期开始算起，现在已经百年；从"五四"新文学运动发起者鲁迅、陈独秀、胡适一代算起，现在也应该有四到五代人，应该说，新文学的传统已经初步成型。在这样的时候，从新世纪里成长起来的青年人中推荐一批有希望的作家，实在是我们应尽的责任。

徐敏霞的散文排了头条，很清楚说明我理想的文学标准。并不是说她的散文已经写得很成熟了，但是这种走出书斋走出上海，到中国大地上去看看普遍农民的生活真实状态，对这批青年作家无论如何是有好处的。1980年代出生的青年人大多是在家庭、学校、网络里长大并认识世界的，家庭提供的是温情的世界，学校提供的是书本的世界，网络提供的是虚拟的世界，在三个世界对于这一代孩子的成长起到重要作用，直接培养了他们的世界观，但我想，趁着他们还年轻，世界观还未定型，应该走到社会上去多看看多体验，了解一下真实的世界是怎么样的，这很重要。

其他各篇已经有了赵长天的点评，我这里不多说了。只想说明一句：这个专号是一个开端，希望以后不断有更多的青年作家的作品出现在《上海文学》上。我们的"希望"栏目希望永远充满希望。

再次感谢合作的成功。

思和敬拜

2006年1月9日凌晨

初刊《上海文学》2006年第2期

致吴福辉[1]

福辉老兄：

说起"古今"这个栏目，要好好地谢谢你。自从去年第10期在你的帮助下得以刊发张爱玲的佚文《郁金香》以后，我萌生了设立"古今"栏目的念头，终于在李楠的支持下，今年正式办起来。这个栏目旨在对海派文化脉络的梳理和整合，让读者了解上海文学是从怎样一种传统中发展起来的。在我的理解中，海派文学是一种多元多源的综合性文学传统，不仅有来自《海上花列传》的现代都市繁华与糜烂同体生成的传统，也有来自左翼的批判传统（所以我曾经在《上海文学》上发表关于《子夜》的细读，有些人还以为我在贩卖讲稿而大愤怒）。同样，海派文学也是最早消除文学史上的雅俗分野。巴金在1930年代创作的《家》就是连载于上海的市民报纸《时报》，新文学开始朝大众媒体靠拢。所以新文学的海派小说发表于上海小报并不稀奇，问题在于我们以前的研究者人为地画地为牢，条条框框

---

[1] 吴福辉（1939—2021），中国现代文学研究学者。

太多，才会产生许多误区和盲点。"古今"栏目就是要展示海派小说的多元结构和形态，那些20世纪三四十年代的作品，在今天看来不一定是完美的，但是证明文学史上曾经出现过的各种风格的作品，何况当年的作者今天看来都是名家呢。

今年第1期以来，栏目都有些变化。"无轨列车"连载台湾、上海、北京三地读书人的专栏随笔，故意选择了不同的风格和作派，读者从中可以多少体悟三地文人的不同风貌。"语丝"从本期起连载陈丹燕女士的长篇散文《公园》，这是一份详细阐述和描绘上海外滩公园历史的力作，我们从小都被所谓"华人与狗不能入内"的梦魇所惊吓，陈丹燕将把这个历史梦魇重新演绎，这是每个关心上海文化的人都不可不注意的。

明天将是元宵，现在窗外的炮竹已经响起来了。在此谨祝春日安好

弟　思和敬拜

2006年2月11日

初刊《上海文学》2006年第3期

致白桦[①]（两封，附录白桦来信）

（一）

白桦：

我连读你的两篇小说[②]，真是极喜欢极喜欢，你的激情你的浪漫竟还这样感动我。读你的小说，仿佛回到了一种充满激情和想象力的时代。你把你的小说称之为"传奇"，其实是一种美妙的艺术想象力。1990年代以来，文学为什么会变得如此的疲沓和无力？有人说是因为文学脱离了当下生活，但在我看来，当下文学最缺乏的是艺术想象的能力。文学不等于生活，可为什么生气勃勃的生活现象到了艺术中反而变得疲沓无力呢？或者是作者的心灵已经感到了疲惫，感觉不到心灵的撞击与激情。前几天看凤凰台的"秋雨时分"节目，余秋雨谈"低劣的写实主义"对创作的危害性，我深有同感。缺乏艺术的想象能力，

[①] 白桦（1930—2019），当代作家、诗人、编剧。
[②] 指白桦创作的短篇小说《蓝铃姑娘》《一朵洁白的罂粟花》，刊《上海文学》2006年第4期。

可以说是今天文学的致命伤。而你的两篇小说一扫这种疲沓风气。但你的故事又绝不仅仅是"边地传奇",尤其是第一篇,故事丝丝入扣,展现出一个封闭的奴隶制度下苦心经营几十年的世袭制度,终于在普通人性的勃发下轰然毁灭;而同时又展现人性如何从朦胧状态而复苏、如何又被"现代"化而粉碎。记得你在很多年前写过一篇《呦呦鹿鸣》,那个头人也是充满莎士比亚式的激情和华丽,让人过目不忘,可惜后来您没有继续创作下去。这两篇小说可以看作是你的创造力的再次爆发。衷心地祝贺你。第三篇也寄来吧,让我先睹为快。祝

健康

思和敬拜　1月30日

附:白桦来信

思和:

我最近在写几篇云南边地的系列故事,虽然这只是一些对传奇的追忆,我却必须直面心灵中的云南,直面他们今天和昨天的现实与梦想,直面他们昨天和今天所承受的艰辛与创痛。也许是因为我和云南有半个多世纪的因缘,才会写着写着止不住地泪流

满面。我们感受到的荒诞又是多么的现实啊！我想告诉更多的人：那里的人也是我们的嫡亲兄弟，我们和他们之间存在着的仅仅是地域上的差异。先寄两篇给你看看……

白桦　1月20日

（二）

白桦：

我还是想刊用第一篇和第二篇，主要是这两篇的内容比较接近，正好形成一组。第三篇也很棒，这么大的历史跨度和一个浪漫故事被您处理得天衣无缝，有时候世界很小处处有芳草；有时候咫尺之间就是天人永隔，我理解你的热泪盈眶。你的小说将放在第4期的"月月小说"栏目刊发，按体例你能否写几句创作谈，即你对这一组创作的总体构思，大约一千五百字就行。

我真是非常高兴。第4期的《上海文学》风云际会，前几天周立民从大连传来冯骥才刚刚脱稿的小说《抬头女人低头汉》，这个作品真让人想到1980年代的文学珍品《高女人和她的矮丈夫》，都是以普通人的命运故事直逼时代最尖锐话题；同时，栾梅健教授最近还意外地发现了高晓声在美国的演讲稿，都集中发表在这一期，顿使刊物蓬荜生辉。第2期我们编发了"新世纪的上海青年作家"专号，集中刊发的是青年作家的作品，而这一期则是老将出马了。

祝笔健体健

思和敬拜　2月14日

附：白桦来信

思和：

谢谢你！寄给你的两篇小说是否可以加一个副题"边地传奇之一""之二"，因为我还准备写下去（第三篇也快完稿），会先发给你看看，让你有个选择的余地。你以为需要加副题吗？安好！

白桦　2月6日

致白桦两信初刊《上海文学》2006年第4期

致杨显惠[1]

杨先生:

你好。春节时期我去广东过节,谢谢你的来电。《定西孤儿院纪事》的稿子,姚育明已经与我说过,现在第5期发排后,她的手头还有两篇。我准备放在第6期一次刊发,这样,《上海文学》上连续了两年多的长篇连载终于结束了。我不敢想,如果审读第7期的清样时没有读到你的文章,我心里不知会感到何等的异样和寂寞。

我先摘引一段网上北大中文系的网页上近期魏冬峰、刘勇的"看《上海文学》"一文中关于大作的评价:"《定西孤儿院纪事》连载至今很少令人失望,第11、12期上杨显惠与炽笠合写的《蔓蔓》亦是如此,叙述朴实、贴肉贴心,人物形象鲜明,无论是土里爬来爬去、最后学会走路的瘸腿小姑娘蔓蔓,还是菩萨心肠的常奶奶、善良而无奈的梁院长,都带着尘土活生生站在读者面前,他们朴素的生命意识更是令人感叹不已。"这里

---

[1] 杨显惠,当代作家。代表作《夹皮沟纪事》《定西孤儿院纪事》《甘南纪事》等。杨显惠的三部作品都是在《上海文学》上连载的。

虽然评论的是《蔓蔓》，其实你的连载刊登起，就一直在读者的关注之下，好像是邵燕君所说的，读您的连载似乎是一场角力，一场一场地比下去，您的笔下始终是充满了震撼人心的力量。上海有一位普通的读者，是一个已经退休的女工，她告诉我，她拿到《上海文学》总是先找您的连载来读，她感到惊讶的是，这么一个同类型题材，您怎么会写出那么多不同的故事！

这就是生活所赐的丰富性。我记得曾经有一次，深夜灯下阅读清样，读到您的一篇《纪事》，言及饥饿之极，挖尸而食，顿时感到毛骨悚然，心胸作痛，有透不过气来的感受。那篇《纪事》是我唯一没有发表出来的，但心有戚戚然至今不已。

我想，"五四"新文学是以《狂人日记》为标志性起点的，但狂人所惊悚之事，却在您的真人真事的记忆中赫然再现，这将是一种什么样的感受？您说到先锋性问题，不错，我是研究过新文学的先锋性问题，正如彼得·比格尔为19世纪末的先锋文学所下的定义，先锋文学就是要纠正和反对为艺术而艺术的、用形式来掩盖内容苍白和自娱性质的唯美主义文学思潮，先锋文学企图用惊世骇俗的姿态来重新调整艺术与生活的关系，重新对社会的进步发生作用。意大利和俄罗斯的未来主义、法国的超现实主义和德国的表象主义等思潮无不以激进的社会批判和传统批判显其真面目的。先锋文学的超前性在于对市场的反叛、对主流文化的反叛，以及对消费和庸常之辈的美学见解的有意识的反叛。《狂人日记》就是在这样的意义和价值上被誉为新文学的先锋之作。我这么来归纳先锋文学，你一定会明白，像《定西孤儿院纪事》这样的作品，在当代文学的意义恰恰是具有真正的先锋的意义。真正的先锋是在民间。真正的先锋才是一往无前的。即便在方言的运用上您所采取的口述手法，也具有离经叛道的真正先锋性（高更的艺术创作的先锋意识，不正是体现在他对原始部落的观察和再现么？）。

第6期将结束《定西孤儿院纪事》的连载，这是您为《上海文学》所奉献的第二个有震撼力的长篇连载，我希望我们的缘分能继续下去，在不久将来能读到您为《上海文学》的读者所写的第三个长篇连载，我们都期待着。再次感谢您。

陈思和敬拜

2006年4月19日

致王明文[1]

明文先生：

你寄来的钱我收到了，本来已经安排寄回奉还了，收到你的来信后，我遵嘱将钱交给了财务保管，为你预订了明后两年的杂志。你这钱对于我也许是一团火，我捏着烫手，但又不敢不捏，因为这是读者对我的有力鞭策，鞭策我要把杂志越办越好，只有像你这样的读者真正地喜欢它，爱读它，我才会感到欣慰。

早在我接受主编这份杂志时候，我就一直在考虑，它的真正的读者应该是什么样的人。我想不可能像《萌芽》那样专为中学生服务，也不可能走市场上最流行最时尚的道路。《上海文学》是一家文学杂志，当然对文学也是有各种各样的理解，但我心目中的文学，是一种于生活有血肉相关，于精神有崇高追求的艺术，理论也是一样，这就使我时时感到在逆风行走。一个好的主编应该以自己的美学追求和文学理想来编辑杂志，创

---

[1] 王明文，安徽读者。

造风格，影响读者，而不应该像一个超市那样，仅仅是为了赚钱而提供商品服务。但是我这样的声音发出来简直是气若游丝，越来越寂寞和微弱。

谢谢你给我和《上海文学》的厚爱与期待，也给了我主编杂志的勇气。

思和敬拜
4 月 22 日

以上两信均刊《上海文学》2006 年第 5 期

致罗婷婷[①]

罗女士：

你的问题提得很好。《上海文学》是一家由上海作家协会主办的文学杂志，理当关注上海的文化现象。也希望能够针对上海的文化建设进行比较学理化的讨论。这方面我们应该主动去组织稿件。我会把你的意见转给钱乃荣教授[②]，希望他能够继续为本刊撰写海派文化的研究文章。关于蔡嘎亮[③]的现象，我觉得，这是一个很有历史感的现象。如果我们考察地方戏曲的发展过程，大约现在人们所推崇的老一辈艺术表演家们，都有过类似蔡嘎亮的草根演出的经历，记得王安忆在长篇小说《富萍》里描写过一个地方戏的草台班与上海群众娱乐的场景，写得非常精彩。地方戏曲本来就属于群众的娱乐，就是应该在社会的底层里挣扎，与普通的贫穷而快乐的民众在一起，在他们的笑

---

① 罗婷婷，上海读者。
② 钱乃荣，上海大学文学院教授，著名沪方言专家。他在《上海文学》上连续发表《质疑"现代汉语规范化"》《沪剧与海派文化》《滑稽戏的灵魂》三篇论文，都引起了广泛关注。
③ 蔡嘎亮，上海草根艺人，脱口秀演员。当时很多媒体把他比作"上海的郭德纲"。

声、哭声、哄声里慢慢发展起来。如果是敬业的民间艺术家就可能为群众所欢迎，艺术的流派，唱腔的变革，也是在群众的选择中慢慢形成。但是近五十年来，群众的娱乐被抬入了高贵的艺术宫殿，被国家供养着，结果连流派也慢慢枯萎，丧失了生气勃勃的民间活力。所以我觉得蔡嘎亮兴起的文化现象，最好的态度是不要去惊动他们，让这种草根文化在民众的欢乐和选择中自在发展，渐渐会形成当代民间艺术的风气。格调庸俗一点怕什么？环境肮脏一点怕什么？素质差一点也没有关系。如果我们一定要像某些媒体那样去大肆吹捧哄抬，或者给以过多的规范和批评，企图去引导它，反而是把草根与土壤人为地割裂开来，结果也丧失了民间的包容性和自在性。不过我这样说不是拒绝讨论蔡嘎亮的意思，如果有从文化角度来分析的好文章，我还是需要的。

谢谢你的来信。

思和　5 月 17 日

初刊《上海文学》2006 年第 6 期

致陈抚生[①]

陈抚生同志：

您好。您的来信收到，谢谢您对《上海文学》工作的鼓励。寄来大作已经转给有关编辑审读处理，也谢谢您对杂志的支持。同时我也想顺便向读者告白，我应邀来主持《上海文学》的编辑工作已经三年，最近根据新闻出版署有关报刊社社长、总编辑（主编）必须是主管、主办单位的在编人员的规定，我从下一期起将不再担任主编之职，已经安排的稿件还将在以后几期中陆续发表或给以退稿。但不再接受新的来稿。以后作者的投稿可以直接寄给有关编辑，不要再寄我。三年来，我对作者和读者的支持实在是怀着感恩的心情。有些话，我在上一期的卷头语已经表达了，不再重复。再次谢谢大家，我之所以选定今天来宣布，因为对我来说，

---

① 陈抚生，上海读者。

今天是一个令人愉快的好日子。并颂

夏祺

思和敬拜

2006 年 7 月 19 日

初刊《上海文学》2006 年第 8 期

致臧建民[①]

建民兄：

你寄来的关于《西部文学》的材料我已经看了。我觉得这是一个很好的创举。因为上海是个现代化高度繁华的都市，而大西北的优势在于还保持了纯粹的文学精神，能将两者联系起来，以上海的发达经济为西部文学搭建平台，这是一个多么大的平台。我以为杂志本身并不重要，重要的是通过杂志去搞大量的文学活动，利用西部资源来创品牌，这是大有可为的。

但是我考虑我不能来做主编工作。作家协会的复杂性你是了解的。我刚辞去《上海文学》的主编，马上来接这个主编，会造成许多不必要的纠纷。而且我手头的事情太多，再像主编《上海文学》那样全身心地投入一家刊物，也有些力不从心。但我会全力支持你的。比较合适的是你可以请沈阳林建法来做主编，他是一个编刊物的高手，而且他身上没有北京文坛的那种

---

① 臧建民，时为上海作家协会党组成员，秘书长。臧建民当时正在组建《西部文学》杂志，我辞去《上海文学》主编后，他希望我接编《西部文学》，我没有接受，并推荐了林建法兄担任。这封信没有发表过。我现在把它收录进《陈思和人文书简》，为我与《上海文学》的关系做一个了断。

官场气。本来我也有意引他来编《上海文学》，但后来看看这里的人全无对刊物的责任和真心爱护，所以也就不提了。如果他能来接手编《西部文学》的话，一来全国大半的评论家都会来帮忙，作家也不成问题，二来他是办各种学术活动的好手，可以搞许多活动。到时候，如果需要我帮着做具体的事情，我都会尽力的。

"西部文学"应作为一种精神，而不是地域，这样就可以把陈忠实、贾平凹、迟子建等都放在编委里。不要局限上海的小圈子。而且，你一定要争取有大的篇幅，要发长篇。这样影响才会逐渐扩大。谢谢你和大隆的信任。我会在其他方面支持你的。

祝成功。

思和　8月19日

第四辑

避疫期间的书简选

致李洪华[①]

洪华：

春节前你伉俪由赣来沪，欢聚小酌间，我说我会尽快拜读你的新著。当时嘴上虽这么说着，心里却没有把握，因为我担心春节期间人来客往，会影响读书。却没有想到一场疫情突如其来，改变了人们的生活方式，我们都成了《十日谈》中的说故事人，或者是卡夫卡笔下的甲虫。于是我在闲暇中很快读完了你的书稿，现就你研究的"20世纪以来中国大学叙事"的课题，谈一点不成熟的想法。

我对这个课题没有做过深入研究，只是那天见面时听了你的介绍，接下来又粗粗读了你的书稿，引起了一点思考，说出来就教。

应该说，你选了一个很好的研究课题。"五四"新文学依托北京大学发起的新文化运动而兴起，新文学的作家最早诞生在大学校园，虽然大学在当时的中国还屈指可数，却离新文学最

[①] 李洪华，南昌大学文学院教授。

接近，与新文学的关系最密切。那么，为什么如你所提出的问题——文学史研究者都偏重于乡土题材、市民题材和知识分子题材的作品，却很少有人关注到最熟悉的大学题材？当时教育题材倒是有的，主要偏重于中学以及中小学教员之间展开，而忽略的是近在身边的大学校园。这也是陈平原教授从更加广泛的意义上提出的问题：为什么大学叙事"很难进入文学史视野"[①]？这个问题不是针对文学创作本身，而是针对了"文学史视野"，责问文学史研究者为什么视而不见"大学叙事"。不过，平原兄在这个问题上做了一点小小修正，从"大学题材"变作了"大学叙事"。两者内涵不一样，大学题材指的是文学创作中与大学相关的主题、事件和意义所在，然而大学叙事则可以理解为大学背景下的一切叙事，如平原兄在论文里所分析的材料，主要是回忆性散文，尤其是关乎"老大学"的逸闻传说。这与文学创作中的正儿八经的"大学题材"还是有很大区别的。

你的新著是在"大学叙事"的基础上推进了一步，把大学叙事的概念扩大了，在"大学"这个背景下，知识分子叙事、青春浪漫叙事、留学生叙事都纳入其内。五四新文学运动初期的文学创作，在乡土题材、市民题材以外，大多数知识分子题材、爱情题材叙事，背景都可能是发生在大学里的；异国题材

[①] 陈平原《文学史视野中的大学叙事》，刊《北京大学学报》2006年第2期。

中留学生故事也是异国大学故事的一部分。换了一个视角来看文学史，大学叙事立时被呈现出来，洋洋大观，大学题材也就呼之欲出了。

在你的文学史框架下，"大学教授""大学生""留学生"的标识从一般知识分子形象中分离出来，成为独立的文学形象群体。这是很有意义的视角。从时间上说，最早的一篇新文学白话小说《一日》（后收入小说集《小雨点》）就是描写留学生生活的，描写了不同国家的学生之间的交流和友谊；庐隐的《海滨故人》更是大学校园生活的代表作；鲁迅的小说中通常不被人关注的《高老夫子》，就不仅仅是一篇讽刺小说，而是作家开创性地把笔墨伸进了大学课堂，从性心理的角度来探讨师生之间的关系。——毫无问题，这个叙事角度后来成为从《八骏图》一直到"市场经济时期的大学叙事"中许多作品的滥觞。创造社的作品就不用再分析了，"留学生题材"更加鲜明地凸显了异国大学的场景，而鲁迅的《藤野先生》，把文学笔墨又一次伸进了异国大学课堂。这样看来，你对新文学初期的大学叙事分析，不仅仅只是替换了一个分析角度，而确确实实赋予了一批作品崭新的意义。

你的新著题目是《20世纪以来的中国大学叙事研究》，前五章是用文学史框架对"大学叙事"做了全面扫描，把文学史分作五个时期，这没有问题，但具体到梳理大学叙事的流变脉络，第一章对"文化启蒙时期的大学叙事"的扫描还是稍显简略。大学叙事可以分作"教授叙事""学生叙事"以及"留学生叙事"，由此进入文学叙事的"大学想象"。但是我总觉得在这些叙事中，还没有直接切入大学体制中的重要问题。也就是说，在大学教授、大学生之间，隐秘地存在某种特殊的人事关系，而这些"关系"又构成大学与时代的联系，这是别的题材所不能够取代的。我们随便举个例子，老舍的名著《骆驼祥子》是一部写人力车夫悲惨命运的小说，当然不属于大学题材，但是祥子的人生命运却与大学有关，那个曹先生，应该是在大学里教书的，平时喜欢在课堂里讲讲"社会主义"，自命为"社会主义者"。有个坏学生阮明读书不用功，考试不及格，就去举报曹先生在课堂里讲"社会主义"，那就是"共产党"，于是就出现了国家机器的小爬虫孙侦探，把祥子辛苦积蓄的买车钱给抢走了。我们撇开祥子故事不说，在曹先生的故事里，就有教授—学生—国家机器三者的关系：教授在课堂里讲社会主义，被学生举报告密，引起学校当局——通过国家机器——的迫害。我不知道这种关系里是否还隐含了国民党当局对学校的"党化"教育与特务控制。这才是大学叙事中很重要的环节。不可疏忽。

如果我们进一步把纪实性散文（包括杂文）也列入考察对象，那么，"五四"新文学的大学叙事揭露了更加直接、尖锐的学院政治冲突——我指的是1920年代女师大学潮风波，周氏兄弟与陈西滢的论战以及对杨荫瑜校长、章士钊总长的批判，这里既有教授与学生之间的关系，又有学校当局（国家机器）与教授、学生之间的冲突，还有教授与教授之间的冲突，最后反动统治权力的介入……社会上血淋淋的现实总是比文学虚构的故事要深刻得多，也惊心触目得多。

如果从大学叙事的角度来梳理文学史，那么，老舍先生的《赵子曰》应该给以更多的关注。我们以前不怎么讨论这部书，因为它对学生运动做了负面描写，就像老舍在《猫城记》里对社会革命做了负面描写一样。这是作家的大学叙事与现实中大学教育状况之间更为复杂的关系的反映。其实任何一部文学作品，都包含了作家主体对社会事件的判断，且不讨论具体事件对与不对，从抽象的意义上来看，作家的忧虑里包含了某种警世的意义。老舍青年时当过小学校长和教育部的劝学员，对学生运动天然地不喜欢，在《赵子曰》里他写学潮，一批坏学生把老校工的耳朵割了，校长也挨打了，还破坏了学校公物。其实这个场景如果放到经历过1960年代学潮的人的经验里，算得了什么呢？这难道就不是大学叙事中的一个负面元素，反映出特定时代下的社会现象吗？而且，作家的这种批判性的立场应该成为研究大学叙事的重要参照系，一直可以贯穿到《围城》以及更往后的当代文学中的大学叙事。

从第二章到第五章，你非常完整地分类描述了文学史视野下的大学叙事。民族救亡时期的不辍弦歌，社会主义革命时期的校园烽火，思想解放运动中的改革前哨，市场经济时期的教育伦理失范等等，社会主流、支流、旁流，都进入了你的研究视野。我很佩服你的勤奋努力，孜孜不倦，读了那么多作品，几乎把涉及到大学叙事的小说都归纳进来，加以分析、归类和提炼，写成了一份资料详尽、论述丰富的文学史长卷。你的研究下限只到2015年前后有点可惜，其实还可以往下延伸一点，把最近几年问世的几部大学叙事力作也归纳进去，这样就把"大学叙事"这个领域完整地呈现给读者。当然这只是你的研究的第一步，我真心希望你继续深入研究，这个课题的研究才刚刚开始，富有持续研究的价值，你千万不要浅尝辄止，咬定青山不放松，最终一定会做出较大成绩来。

我这么说，不仅是鼓励你，也是对我自己的一种鞭策。说来也很惭愧，你书中第五章所罗列分析的许多长篇小说，我都没有读过，一来是工作实在太忙，时间不够，其次是——说实话，我对这类大学叙事作品不太喜欢，也许是我自己身在校园里生活了四十年，对于大学在当下的意义及其社会功能，都已经形成了自己固定的看法，所以对当下文学中的"大学叙事"总有点不以为然，至少觉得离我的实感经验比较远。但是读完你的论著，让我产生了很大的兴趣，我决心把最近出版的一些大学叙事作品找来读一下。——今天听说疫情的拐点还没有出现，所以我们还必须继续实行自我隔离，我本来就决心在这次隔离中把已经欠下的文债都还清了，接下来就可以轻松上阵，现在我又给自己加了一份"任务"，好好再读几本小说，如有新的体会，当再与你一起分享。

顺致全家问候，保重身体。

陈思和

2020年2月8日在自我隔离中

初刊北京《文艺报》2021年2月19日，

原题为《文学史视野中的"大学叙事"》

致姚晓雷[1]

晓雷：

你好。你的书稿《新时期以来文学中的乡土中国叙事及问题研究》，在我这里已经放了一两年的时间，早就答应为你写一篇序，但又总是拖拖拉拉，好几次打开书稿，读了前面部分就放下了——照例是被别的事情所打断；再续起来还是从第一章读起，然而又被打断。这样重复了好几遍，关于田小娥的四副面孔已经看了四遍以上。如果不是疫情弥漫神州，也许还会拖下去，但现在终于有时间了。春节以来，画地为牢，以读书排解闲愁，旧文债也将一件件清理。你的书稿内容繁复，无法一目十行轻松看过，反倒是边读边想，慢慢咀嚼，引起我对已经很多年不再思考的文学问题——关于乡土和民间理论的思索兴趣，于是，也就有了与你一起讨论的愿望。

同时我还想赞扬你几句。在读你的书稿时，我又把你当年的博士论文《乡土与声音——民间审视下的新时期以来河南乡

---

[1] 姚晓雷，浙江大学文学院教授。

土类型小说》找出来翻了一遍，那本书完成于2002年，出版于2010年，前后算起来距今又十八年过去了。那曾是我非常看好的著作。我一直期待你在这本书的基础上继续往上努力，在乡土小说研究领域有更大的突破性的贡献。现在你终于奉献出新的论著，由河南地域文化研究到乡土中国视野下的四十年文学扫描，从民间理论审视文学到民间理论的自我突破与反思，气象和视野都不可与当年同日而语。我欣赏你在学术上的探究精神，也为你新见迭出的理论研究和不断拓展感到高兴。在这部新著里，你完全呈现了一个成熟学者的风采：你树立起自己的理论目标，抓住了"乡土中国"这个社会学的概念，把它改造成文学叙事，以此来总结四十年文学的某种创作现象。我以为这一概念的关键词，在"中国"而非"乡土"，你力求从乡土叙事的视角来概述四十年中国发生的变化，而这些方方面面的变化又绝不限于乡土本身。虽然你在绪论部分对这个概念的阐释并不清晰，但只要联想到当下人们所陷的生存处境，就不难理解在现代化进程中飞跃发展的现实中国，"乡土"从正、负两个方面的意义是多么的重大，我们需要付出多大的代价才能认识到这一点。就像你当年对河南文化具有的"侉子性"的分析一样，你对当下中国的"乡土性"的认识，需要何等敏锐的眼光。也因为这样，我也不能不说，如果你从文学的范围再走出去一步，走得更远一点，那就更好了，"乡土中国"的意义，与文学

致姚晓雷　*273*

史上的"乡土文学"毕竟有很大区别。这一点，你应该让读者更加充分地认识到。

对于文学创作现象，你也有自己的批评标准，在这个标准下你对一些创作现象进行了清理和批判，有些描述很有意思。我对书中第九章、第十章的论述更感兴趣，你对"偏至化民间主体形象建构"中"怪""鬼""妖""魔"四类艺术形象的分析，对"乡土中国叙事气质类型"中"虎气""猴气""驴气""猪气"的划分，不一定准确，但有趣，也有启发，让我想起二十多年前英年早逝的天才评论家胡河清。

又扯远了，还是回到我们将要讨论的问题上来。我读了书中第十三章"若干当下乡土中国叙事理论范式思想与方法的反思"，在前面几章你分析的是创作，文学创作本来就见仁见智，无从讨论，这一章你讨论的是文艺理论，我在二十多年前提出的民间理论也在你的反思范围，这让我有机会认真思考相关问题。但我已经好久没有去想这些事了，现在的想法不知道能否表述清楚，且试试吧。

第一个问题是理论的"道"与"术"的关系。你在这一章里，把理论视角都放在"道"与"术"的辩证关系上，把各种理论范式分别归纳为"道和术双重层面上的困难""离道而扬术""借术以求道""既非道又非术"等类型，这很有意思，但我也有点困惑，直截了当地说，文学理论批评范式里，"道"的批评与"术"的批评怎么可能分开来谈呢？举个例子，我读了第二节，是你对"离道而扬术"的地域文化批评范式的"反思"。你先是对"寻根文学"理论等作了一番梳理，然后就批评说："尽管地域文化范式对克服新时期以来的文学创作政治化、概念化有一定作用，但客观地看，它起的作用是有限的。毕竟地域文化视角本质上只是一种方法论上视角，而不是站在现代人本立场去对现实进行批判性对话的价值论视角……"后面还有一段论述："在现代社会里，愈往后发展，地域对人的存在的影响愈不确定，因为随着交往的便利和频繁，不同地域之间从生活方式到价值观念，融合的地方越来越多，人越来越表现出一种本质上的趋同——对压迫的本能的反抗、对自尊的基本维护、对自由的渴望等，都是那么的相同，而建立在人性共同价值基础上的进一步深入思考才是所有伟大作品的最高价值所在。"这两段话让我明白了你的意思。在你看来，像文学创作中的风土人情、地域文化的描写，都是属于"术"，而深入思考人性共同价值才是"道"。这当然是不错的。但是在文学创作中，这个"人性共同价值"的"道"是如何显现的呢？是不是通过艺术创作的手段、语言、风格，也通过作家迥然不同的创作个性和创作特色来表现的吗？离开了这些创作上具体的"术"，人性共同价值的"道"又从何处来展示呢？你曾说到，在"寻根文学"的创作实绩上产生的"地域文化范式对克服新时期以来的文学创作政治化、概念化有一定作用",那就对了,如果按你所举的"对压迫的本能的反抗、对自尊的基本维护、对自由的渴望"等几条"道"的特征,那么"伤痕文学""反思文学"表现的不就是这些显而易见的"道"吗?而"寻根文学"却把文学的政治化转向了文学的文化审美,地域文化批评范式由此产生。地域文化审美的范畴比政治范畴更加丰富多元,更加接近了文学本体,因此也更加接近人性范畴。从文学史的传承上说,地域文化批评范式可以追溯到更早的20世纪五六十年代"山药蛋派"等创作,在当时也是抵制僵化的意识形态教条的武器,按你的说法,都是借"术"而参与了"道"的建构,更何况"寻根文学"在新时期文学转型过程中起到了更为重要的作用。至于你说它"起的作用是有限的",那也是不错的。文学本来就不是宗教,它的功能是从创作实践中发现倾向性的问题,及时提出来加以研究,解决问题,推动文学创作。文学未来如何发展,我们并不了解,任何文学理论都只能是阶段性有效,可以被证伪,哪里有万世不变的文学理论呢?

我觉得,讨论文学理论范式固然要关注"道",但是"道可道,非常道","道"一定是透过各种各样多姿多态的"术"来显现的。这不是说,"道"即是"术",而是"道"附体于"术"才能呈现。就像人的生命与人的身体的关系,生命固然比身体更精彩,但生命是通过身体各个器官来维持和升华的,一旦去掉了这身臭皮囊,再精彩的生命也就不复存在。文学批评也是这样,只能借助于分析研究"术"来达到对"道"的感悟与弘扬,地域文化批评范式适用于对地域色彩浓厚的寻根文学、文化风俗小说、西部文学、少数民族文学等领域的研究,可以把这类文学的优势和美凸显出来。在这一类题材的创作中,对卑微人性的关注和对自由的向往总是它的基调,人性在其中,"道"也自然会在其中,这需要批评家和读者自己去细细体会。文学创作总是会有优秀与拙劣之分,也总是有粗制滥造的,这是创作的具体问题,不能由理论范式来承担责任。

我在读你对创作的批评时也有这种感觉,你似乎一直在寻求升腾于文学创作之上的某种抽象物,譬如所谓"道",所谓"思想",一旦找不到这些被预设的抽象物,你就会抱怨作家的水平不够,以为他们没有达到理想境界。其实这也不是你的个人的思维习惯,也是当下学院批评的普遍现象。书中有一段对莫言的批评:"总之莫言的最大贡献在呈现本土社会历史的各种艺术元素创造性集成、阐释的个性化发挥方面,而不是其立足于人类文明前沿面向对现实和未来的思想原创力,不是在当代社会思想的顶端添砖加瓦。不只莫言,许多其他作家这方面的问题更加严重……"接下来你说了一大段"启蒙依赖症",我不太明白,姑且跳过,接着你总结说:"这个时候它(指启蒙理论范式的失败——引者)把作家逼上了一个不得不选择的十字路口：要么在沿袭中衰退，要么在创造性的思想探索中浴火重生，高屋建瓴地审视和把握这个时代。"这些话都讲得很好，确实高屋建瓴，也确实很明快，可是我要问的是：你怎么可以把对思想界衮衮诸公的使命和任务这么轻易加到作家的头上？"立足于人类文明前沿面向对现实和未来的思想原创力""在当代社会思想的顶端添砖加瓦""在创造性的思想探索中浴火重生"……这些都应该是文学家承担的使命吗？是西方的莎士比亚、托尔斯泰、雨果做到了，还是中国的曹雪芹、鲁迅做到了？还记得是周作人说过，癞蛤蟆垫床脚，不如一块破瓦片，反倒把制药的蟾酥浪费了。当然我这么说，并非是敲掉文学与思想无关，也不是说作家在创作中不需要具备一定的思想力量。但是中国的"道"也好，西方的所谓"思想"也好，它本来就存在在应该存在的地方，不需要用它的本真面貌出现在文学创作里，至少优秀的作家是不会这么做的，如果尝试着做，大约也是失败的。因为文学家与思想家的劳动形态不一样，劳动产品的功能也不一样。文学家是通过对生活的直接感受，在创作中熔铸有血有肉的艺术形象，以此传达他们对世界的特殊理解。作为一个评论家，应该借助艺术形象来解析、发现其中的思想意义，当然作家也需要借助某些思想，但绝不是把文学当作思想的复制和演绎，更不能把文学创作等同于思想家的劳动。其实这些道理你都了解，但怎么会对莫言以及"许多其他作家"提出这样高的要求呢？

你所批判当代作家的"启蒙依赖症"到底指什么？我从你的书里找不到充分理由，但我认为，所谓"启蒙"的文学，恰恰是一种思想为先导的文学，评论家之所以喜欢讨论启蒙文学，就是因为启蒙文学中的艺术形象常常是思想大于形象，因为思想过于鲜明，以至于简化了艺术形象自身的复杂性。鲁迅研究中这样的情况是非常明显的。你所批评的"启蒙话语理论范式"可能与此有关，但是莫言所开创的文学叙事，属于"乡土中国叙事"也罢，不属于也罢，他的小说美学的最大特点就是从启蒙话语里摆脱出来，还原了活生生的血肉之农民形象，还原了耻辱的、痛苦的、粗野的，但又是形象饱满充沛、元气淋漓的中国农民。新文学作家从来没有用这么夸张的手笔来创造农民的形象，但就是因为莫言真正代表了被压抑的农民的心声，他被农民自身的文化力量推动着，走到了启蒙文学的对立面。你可以说他的小说是"反启蒙"的，你批评莫言缺乏"思想"也许有一定道理，但我想应该诠释一下，莫言缺的是书斋里和文件里制造出来的"思想"，但他的笔下有着鲜活的生命力、奔腾的血液和跳动的心脏，以及强大的生殖能力和繁衍能力，与苍白的"思想"相比较，哪一种更靠近文学本体呢？

第二个问题，我想谈谈民间批评范式中的"自由自在"的审美风格。记得当年你在撰写博士论文时，我们就文学中的民间形态理论做过多次讨论，很可能当时我对"自由自在"的问题没有表述清楚，以致让你到现在还心存疑惑，责任在我；或许是我确实也没有想得太明白，你的质疑提醒了我，让我重新去思考这个问题。我一直就民间形态理论中的两个问题没有深入研究感到遗憾，一个是关于藏污纳垢的美学形态，另一个是自由自在的审美风格。我有好几次都想认真研究这两个题目，但总是因为忙，再加上时过境迁也提不起兴致了。感谢你把这个疑问重新提了出来，时隔二十多年的理论还有人能够提出反思和回应，这在学术研究中是最让人感到幸福的事情。我先把现在能够想到的意思说出来，做个解释，希望得到你的继续批评和质疑，让我们一起把这个问题深入讨论下去。

我在《民间的沉浮：对抗战到文革文学史的一个尝试性解释》中是这样阐释的："自由自在是它最基本的审美风格。民间的传统意味着人类原始的生命力紧紧拥抱生活本身的过程，由此迸发出对生活的爱和憎，对人生欲望的追求，这是任何道德说教都无法规范，任何政治条律都无法约束，甚至连文明、进步、美这样一些抽象概念也无法涵盖的自由自在。在一个生命力普遍受到压抑的文明社会里，这种境界的最高表现形态，只能是审美的。所以民间往往是文学艺术产生的源泉。"确实，这段话里有许多语焉不详的地方。但很显然，这里的"自由自在"是指一种审美风格，不是民间的本体特征。

为什么我要在审美形态的范畴里讨论民间的自由自在？首先，根据马克思主义的基本原理，在社会文明发展到国家统治形式的阶段，人类社会是被分为统治阶级与被统治阶级，前者是通过对后者的剥夺来达到对后者的统治，这种剥夺，不仅仅是物质的剥夺，也包括思想意识的控制，所以，民间社会的自在状态已经是不复存在了。再者，民间的"自由"不是西方政治哲学的概念，它主要体现为生命形态的肯定，即生命行为不受限制和约束，尤其是对抗国家制度及其文明对它造成的约束与压抑。譬如民间文艺中自由恋爱的表达。正因为我是在生命形态上肯定自由的意义，所以我用"人类原始的生命力紧紧拥抱生活本身"作为这种民间自由传统的注释。这里的"原始生命力"不是从时间上来定义的，而是生命形态中的某些来自原始人类的生命基因，表现在冲破一切束缚对自由自在形态的追求与实践。即使当下的人类生命中也可能存在这样的生命基因，它的时间性就表现为对"生活"的拥抱，或者说是一种对当下生活的楔入。其三，为什么民间的自由自在是一种审美风格？在1995年我访问日本时，也曾经有一位日本学者提出过同样的问题。我的回答是，正因为民间社会在现实层面上不存在真正的自由自在，所以它对自由自在的想象和享用，只能是在虚拟的文化形态里完成。这也是我对民间文化形态价值判断的依据。我对文学中的民间文化形态的探讨，都不是指实在的民间社会，而是文学创作观念中的"民间文化"。但观念的"民间文化"又是实在的民间社会形态的美学反映。所以,我不认为这仅仅是审美乌托邦,而是一种在虚拟的文化形态中表现出来的现实价值所在。

我这么说,可能你还是会觉得一头雾水。我们再举一个具体的创作例子来说明这个"自由自在"到底指什么?《白鹿原》是一部经典的民间叙事。但是你也许注意到,我没有解读过这部小说。其实是我太慎重,这部小说内含复杂的民间文化形态,也是我一直想表述的民间本相,但是我怕讲不好,反而让人误解,所以一直犹豫着没有下笔。现在防疫期间,无法去找原书重读,只好凭印象随便说几句大概的意思。这部小说一开始就写庙堂自毁,民间崛起。辛亥革命以后,国家没了王法,白嘉轩在当地大儒朱先生的支持下,自立乡规,构建起一个有秩序的民间社会。但这个民间社会只是一种变相的地方政权形态,而不是真正意义的民间,所以,它不可能实行自由自在的理想。就是在这样的背景下,白嘉轩与田小娥的冲突产生了经典的意义。

田小娥是什么样的人?在白嘉轩的眼里是个十恶不赦的"妖孽",伤风败俗的女人。在陈忠实的眼里她是封建时代无数贞节牌坊的对立面,一个为自由而死的灵魂;在你的眼里她有"四副面孔":既是封建礼教的牺牲品,又是欲望的化身、阶级复仇的厉鬼、瘟疫般的恶魔形象，你对这个形象的态度是有褒有贬。然而在我的眼里，很简单，田小娥就是高压下的民间文化形态的审美理想，在她身上集中反映出民间对自由自在的向往和追求。为什么作这样的理解？因为，田小娥的追求自由自在并不是自觉的、理性的，与卢梭崇尚的那一套毫无关系，她的所有的追求行为，都是来自她身体内部生命力的冲动，也就是你所说的第二副面孔：欲望的驱使。女人的欲望强烈本身无罪，但是在封建礼教规范下，她的欲望得不到宣泄与满足，于是就出轨、淫乱，然后一步一步地被污名、驱逐、迫害，生无立锥之地，死无葬身之地，即使她化作厉鬼向人类报复，还是受到了"正气凛然"的儒家道德的镇压，终于化为灰烬。这样一个从生到死到毁灭的轰轰烈烈的过程，都是生命的过程，就是"人类原始生命力紧紧拥抱生活本身的过程"，由此迸发出对血肉生活的强烈爱憎，对欲望义无反顾的追求。但这样一种追求自由自在的生命形态，是不可能被允许在现实民间社会中存在的，田小娥的对立面不是官府法律，而是土生土长的民间：白嘉轩、鹿三，一个是白孝文的父亲，一个是黑娃的父亲，就是乡土中国里族权和夫权（父权）的变形结合。这就说明了现实生活中已经没有理想状态的民间社会，只有渗透了统治阶级意识形态和道德理想的、被抽去了精血和灵魂的虚假民间形态，白嘉轩、鹿三与田小娥的悲剧冲突，反映了现实生活中被统治阶级的意识所覆盖和控制了的民间权力与理想中民间永恒的自由自在的生命追求之间的冲突。而后者这种以死相拼的生命追求往往在民间文艺与民间传说中，以合法的形式，被曲折的碎片化地表达出来。陈忠实的《白鹿原》就是一例。

田小娥所表现出来的自由自在的审美风格并非完美无缺，因为迫害力量的残酷性决定了她只能以非道德形态出现，淫女、厉鬼，包括她性格里与生俱来的恶魔性因素等等，这就是民间藏污纳垢的美学形态特征之一。在民间形态里追求自由自在，与知识分子想象中的纯洁的自由女神相距甚远，与意识形态话语系统里的阶级、阶级斗争，以及追求解放等概念也关系不大。你在"四副面孔"中罗列的田小娥的所谓"阶级报复"，其实就是民间淫女在男欢女爱中恶作剧，联系到阶级复仇说事，就说大了。

我不知道通过这样的举例分析，你能否同意我所说的民间自由自在精神的意义。我觉得文学中的民间文化形态的理论提出以后，引起误解甚多，其中最主要的误解就是把观念中的民间文学形态与现实社会中的民间社会（或者更直接还原为乡村社会）混为一谈，这一点可能也是我以前没有讲清楚其中道理所致，给接受者带来了困惑。我要深感抱歉的。

真不好意思，本来是为了写一篇序文做准备，竟拉拉扯扯写了这么多题外的话。不过我很高兴，现在朋友之间的学术交流实在太少，很久没有这么痛快地写出心里流淌出来的真实想法。希望你不要介意，如果你觉得这封信有助于你进一步思考、研究这个课题，那我也感到欣慰了。

希望保重身体，利用好这次疫情隔离，埋头做好我们自己的学术研究。即颂

著安

陈思和

2020年2月17日，疫中上海象征性复工第一天

初刊南宁《南方文坛》，2022年第2期

原题为《关于〈1978年以来文学中的乡土中国叙事研究〉的两个理论问题》

致袁盛勇[①]

盛勇兄：

你好。因为避疫，每天枯坐书斋读书写字，还掉一些文债。读你的书稿，是早在计划中的事，但是拖拖拉拉，竟有大半年过去了。你的书稿《重构鲁迅和延安文学》，题目有新意，叙述有激情，很吸引我。读了之后，觉得正有话要说。

首先我很赞同你的研究态度，书名曰"重构"，就很对我的心思。学界向来有一种唯唯诺诺的市侩传统，万事只求"做小"，不敢有一点冒犯的意思。记得当年我和王晓明发起"重写文学史"，批评者不看内容讲什么，反对的就是"重写"两个字，好像一被"重"他们就成了亡国奴。于是就有好心的前辈来劝我们：换个词吧，改用"另写文学史"，或者用"复写文学史"，就比较安妥了。我们当然没有采纳。今天看到你的"重构"云云，便联想到这段掌故。我是很赞成你在"引论"里所说的，你们"这一代"——1970年代生的学人，"应该在具有强

[①] 袁盛勇，陕西师范大学文学院教授。

烈问题意识和学术精神之外，还要有一个明确的代际意识，所谓一代人有一代人的学问是也"。我以前对1970后一代的写作认识不足，曾经写过一篇讲"低谷的一代"的文章，遭过批评，但我还是没有改变我的偏见。现在，你发出这样的声音才让我真正松了一口气，创新比批评更有说服力，我似乎看到希望所在。

其实，"重"是一种思维习惯，也是一种学者应有的素质。假如没有"重写"，文学史就成为千篇一律的八股；假如没有"重构"，鲁迅也会变成一个空洞的偶像。民族文化的生命就是依靠一代代"重新来过"的扬弃，才能被激活被延续，也只有在"重新来过"的激情之下，青年学人才能成长为真正的知识分子。用我导师贾植芳先生说的话，就是要活得像一个人样，不能点一支烟也怕烧痛手指头。

在这样的意义下，我们讨论"重构"鲁迅和延安文学才会显示出新的意义。因为这两个领域都是现代文学史上绕不过去、至今仍然在发生深刻影响的领域，涉及的问题颇多，而且重大，显然不是你一本论著就能完成"重构"的。"重新来过"是一种新思维的出发点，就如以前曾经发生过的"再读解""再评价""再出发""重写"一样，表现出代际意识的自觉性和可能性。我觉得你的论著能够这样来提出问题，阐释问题，来吸引更多的青年一代的学者参与"重构"，把"这一代"

学者的真性情真正激发出来，就足以能够起到引领风气的作用。功莫大焉。

接下来我们可以讨论一些具体的学术观点。书中新见解颇多，无法逐一回应。我想仅就鲁迅研究和延安文学两大话题中各挑一二感兴趣的问题，做个对话，也算是我阅读大作的一点体会。

先说鲁迅研究。我感兴趣的是上编第三、四章，关于鲁迅与左联的关系，以及"言行一致"等问题，都很重要，但也都很难把它说透彻。尤其是第四章，你从鲁迅的"言行不一致"（即"我要骗人"的命题）入手，论述当时政治环境下言说的困难，说真话的不可能，这都是知人论世的见解。你甚至把鲁迅所痛心疾首而发的"我要骗人"之说，提升到"伟大的德性"的高度来做评价，我略感到意外，但随之也明白，你对鲁迅的生存环境有了切身体会才会这么说的。我比你痴长几年，看的东西可能还要多一些，原先我只是赞成鲁迅的世故以及对世故的坦率（其实把世故作为一种经验，坦率地、耸人听闻地说了出来，本身就不是真正的世故了。）然而，我从你高声赞美的"伟大的德性"一说中有所领悟，我理解你的意思是想说，鲁迅之"仁"导致了鲁迅之"勇"的自我消解，他不忍自己的直言而诱导青年去冒险，为之丧失生命。但是在鲁迅的时代，文网的缝隙还是相当大，鲁迅不道破真相，自会有别的人来道破，鲁迅身边的青年人，即便没有受到鲁迅影响，也一样会走上冒险道路而丧失性命，柔石便是一例。《为了忘却的记念》一文说得明明白白，鲁迅似乎把柔石走上革命道路迁怒于冯铿的影响，他说了一句半真半假的话，说他自己"不自觉的迁怒到她的身上去了。"然而写完这句话后，他似乎又想要掩饰自己的真心情，就自我解嘲说："我其实也并不比我所怕见的神经过敏而自尊的文学青年高明。"在这篇文章里，鲁迅用了许多曲笔，很多地方都含糊过去，但他对冯铿的迁怒，虽然轻轻一笔，我以为倒是真心所感。他深深了解，身处这样一个黑暗专制的环境里，知识分子如何做到既不卖身投靠，又要能够韧性战斗，有理有节地捍卫自身的说话权力，这是一门特殊的学问，很多人学不好而留下千古遗恨（闻一多就是重蹈覆辙。）这与其说是鲁迅之"仁"（也是"伟大的德性"），我更愿意解释为鲁迅之"智"。在儒家学说里，"仁"总给人一种傻乎乎的迂腐感，而"智"倒不一定是儒家的专利标记，更多的是鲁迅深刻感受到时代的凶残本质，深深知道什么该由他说出来，什么又不能直接地说出来。再说了，"仁"即"不忍"，是对他人的怜悯，然而"智"更多的是从自我感受出发，也就是"己所不欲勿施于人"的一种认知方式。我们从鲁迅拒绝李立三建议他发表反蒋宣言、然后移居俄国的态度，便可窥见这一特点。郭沫若不像鲁迅，于是就有了亡命日本十年之灾。

所以在讨论鲁迅的"言行不一"或者"我要骗人"的命题时，我就有些拿捏不准，究竟在仁、智、勇三者中，究竟哪一种因素更加接近鲁迅的"本尊"。《祝福》里祥林嫂遇到了读过书的"我"，就试探着问：人死了以后究竟有没有魂灵？这个"我"，就是作者的化身，他写道："对于魂灵的有无，我自己是向来毫不介意的；但在此刻，怎样回答她好呢？我在极短期的踌躇中，想，这里的人照例相信鬼，然而她，却疑惑了，——或者不如说希望：希望其有，又希望其无……"于是，出于不想"增添末路的人的苦恼"，他就回答说："也许有吧。"

如果我们把鲁迅这一段描写当作分析鲁迅内心世界的材料，首先就要弄清楚，关键词"毫不介意"究竟是什么意思。是说鲁迅根本不相信魂灵的存在？还是他自己也没有认真想过"魂灵存在"的问题。如果是前者，那他就是对祥林嫂说谎，如果他说的"毫不介意"只是无所谓"究竟有没有魂灵"的意思，而回答"也许有吧"仅仅是出于对提问者的怜悯，并无原则可言。当然还可能有第三种理解，就是在"毫不介意"的背后，他还是隐隐约约相信魂灵存在的，那么，他说"也许有吧"则是真话，只是他自己不承认而已。凡这三种理解，第一种是明明不相信，偏要说谎，那是鲁迅之"仁"；第二种是明明无所谓，只是按对方所需回答（尽管他判断错了），那是鲁迅之"智"；第三种是自己暗暗相信只是不说，如今借着对方提问就说出来了，那是鲁迅之"勇"。盛勇你可能是相信第一种理解的，所以根据鲁迅之"仁"来立论，但是你也无法完全否定鲁迅之"智"和鲁迅之"勇"的可能性，是吗？所以说，鲁迅的"我要骗人"也未必是真的骗人，倒或许是一种战斗的策略，把"我要骗人"的谜面和谜底和盘托出，等于是把真话与说真话可能遭遇的危险，一并都告诉了他的读者。

还有一个问题是延安文艺的"重构"，我对这个领域很少涉及，无从置喙。但是你在下编说到了延安文艺与民间的关系，倒也引起我的兴趣。你提出一个观点：1942年后延安文艺中的"民间运动"在逻辑起点上是从收编和改造民间艺人开始的。这是非常有见地的。毛泽东在延安文艺座谈会上的讲话中强调"文艺为工农兵服务"，并不是说，农民真的喜欢什么，文艺工作者就要给他们什么。他的目的是明确的，文艺就是意识形态的宣教工具，为了让这种教化行之有效，就要把文艺言说降低到文化程度极低的农民（战士）能够接受的水平和形式，只有依靠民间文艺的途径来实现。但正因为有这样的需要在先，自在的民间文艺才能浮出水面，进入"五四"新文化的视域，进而蜕变为主流意识形态传播工具。所以，进入了主流的民间形式不再是原来意义上的民间，就像进入庙堂的知识分子也不再是原来意义上的知识分子。三者之间有可能彼此合二为一，也可能是三位一体，但是彼此间的改造与反改造的运动模式，也就贯穿在以后半个世纪的文艺斗争史中。我认为这个内部充满矛盾运动的"三位一体"模型,是延安文艺留给当代文学的一笔最核心的遗产。你重构延安文艺,抓住了这一个核心遗产,我认为是非常准确的。希望你顺利地深入研究下去,也许真有无限风光——在险峰。

关于民间的问题,可以深入讨论下去。我确实私心感到高兴,最近我在读姚晓雷的新书和你的新书,都读到了你们对于民间理论问题的深入思考。我在二十多年前曾经尝试过用"民间"理论视角来解释文学现象,只是浅尝辄止,没有深入下去。一晃这么多年过去,你们一代学生都已经成长为独立治学的学者,你们没有忘记这些当年学过的知识,并且在原有理论基础上提出反思质疑,以求进一步的开拓和发展,你们做得非常好。你们的深入思考也反过来对我也是一种鞭策,刺激我继续对民间理论问题的探究。春节以来,因为疫情学校无法开学,图书馆也不用上班,丢开了一些事务,心底反倒清净,澄明,我接下来打算认真清理一下以往的学术思路,再好好地写几本著述,阐述我的文学史理论建构。第一本就从探讨民间理论着手,探索一些悬而未决的学术问题。二十多年前我是孤军奋战,犹如黑暗中摸索,现在我感到你们这一代学生的力量,希望我们能够形成真正的学术对话,在学术互动中继续做一点有意义的工作。

祝你著述顺利,新书早日问世。

陈思和

2020年3月13日写于海上鱼焦了斋

初刊澳洲《中文学刊》2021年第3期,

原题为《读书·书简两则之一:〈重构鲁迅和延安文学〉》

```
图书在版编目（CIP）数据

人文书简/陈思和著. -- 上海：上海文艺出版社,2023
ISBN 978-7-5321-8463-7
Ⅰ.①人… Ⅱ.①陈… Ⅲ.①书信集－中国－当代
Ⅳ.①I267.5
中国版本图书馆CIP数据核字(2023)第048177号
```

发 行 人：毕　胜
出版策划：草鹭文化
责任编辑：胡远行　张艳堂
特约编辑：董熙良
装帧设计：草鹭设计工作室

书　　名：人文书简
作　　者：陈思和
出　　版：上海世纪出版集团　　上海文艺出版社
地　　址：上海市闵行区号景路159弄A座2楼　201101
发　　行：上海文艺出版社发行中心
　　　　　上海市闵行区号景路159弄A座2楼206室　201101　www.ewen.co
印　　刷：上海盛通时代印刷有限公司
开　　本：787×1092　1/32
印　　张：9.625
插　　页：4
字　　数：175,000
印　　次：2023年3月第1版　2023年3月第1次印刷
Ｉ Ｓ Ｂ Ｎ：978-7-5321-8463-7/I.6680
定　　价：75.00元
告 读 者：如发现本书有质量问题请与印刷厂质量科联系　T:021-37910000

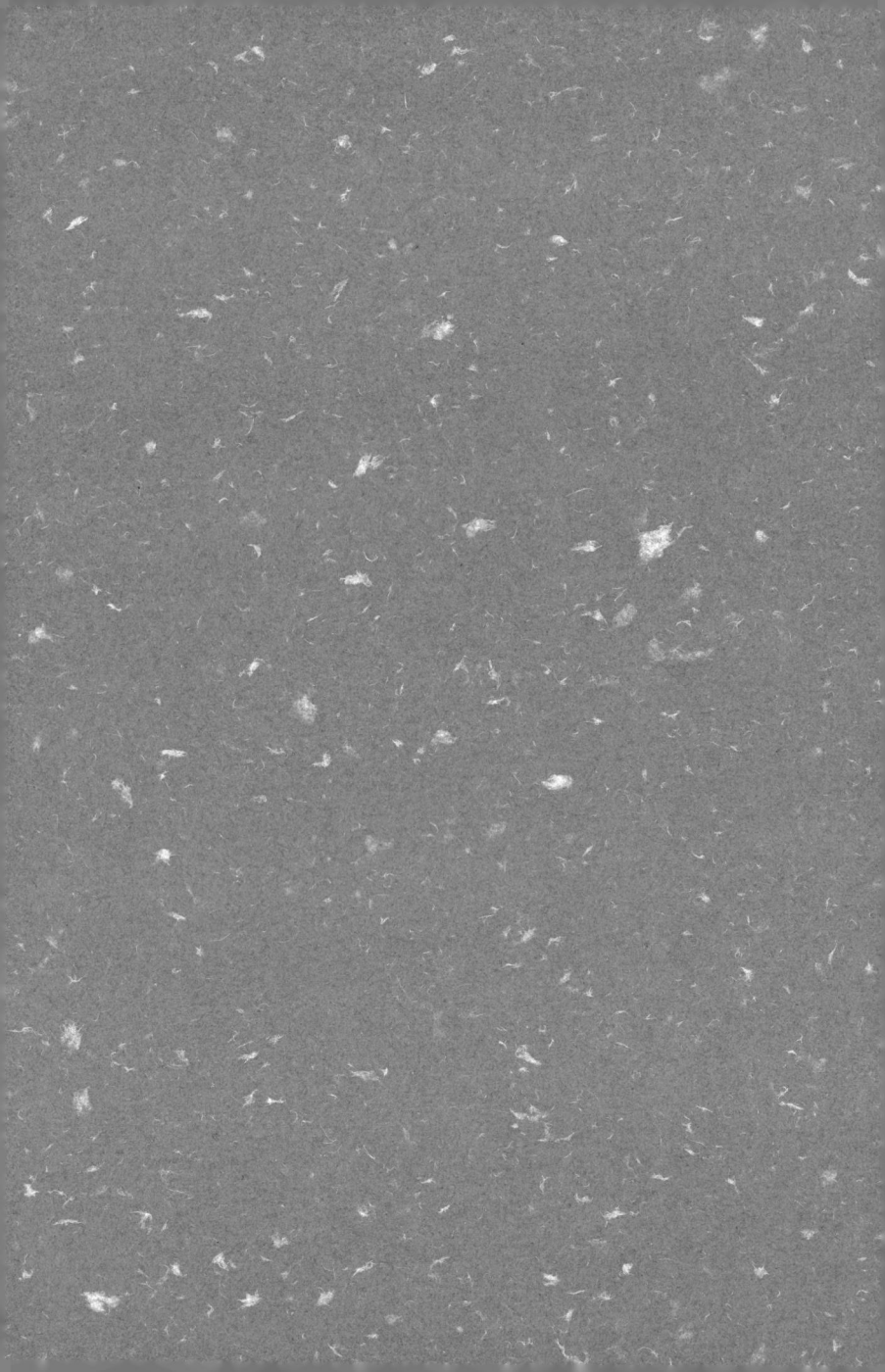